神段子

叶千结◎编著

云南人民出版社

图书在版编目（ＣＩＰ）数据

神段子 / 叶千结编著. -- 昆明 : 云南人民出版社, 2025. 4. -- ISBN 978-7-222-23645-5

Ⅰ. I277.8

中国国家版本馆CIP数据核字第2025J3X936号

责任编辑：赵　红

责任印制：代隆参

神段子

SHEN DUANZI

叶千结　编著

出　版　云南人民出版社
发　行　云南人民出版社
社　址　昆明市环城西路609号
邮　编　650034
网　址　www.ynpph.com.cn
E-mail　ynrms@sina.com
开　本　710mm×1000mm　1/16
印　张　10
字　数　120千
版　次　2025年4月第1版
印　次　2025年4月第1次印刷
印　刷　三河市南阳印刷有限公司
书　号　ISBN 978-7-222-23645-5
定　价　49.00元

如需购买图书，反馈意见，请与我社联系。
图书发行电话：0871-64107659

云南人民出版社微信公众号

前言

在快节奏的现代生活中，我们时常会感到疲惫与压力。每天穿梭在拥挤的地铁、繁忙的工作和无休止的社交活动中，生活似乎变得越来越枯燥乏味。我们在追逐目标和成就的过程中，往往忽略了生活本身的乐趣。在这样的背景下，幽默与快乐成了我们最渴望的调味品。

《神段子》这本书，正是为了解决这一问题而生。它不仅仅是一本轻松的读物，更是一个让你在喧嚣中找到心灵归属的港湾。我们精心编排了五大主题，涵盖了社交、职场、饮食等多个生活场景，带领读者在笑声中重新发现生活的乐趣。每个段子、每个故事，都承载着生活中的智慧与幽默，让你在忙碌之余，感受到生活的多彩。

为什么要称它为“神段子”？因为这些段子往往出人意料，带有反转的惊喜，让人在捧腹大笑的同时，也能领悟到一些深刻的道理。生活中的琐事，在幽默的包裹下，仿佛变得轻松而可爱。正如一位哲学家所说：“幽默是人类对生活的智慧反应。”它不仅能帮助我们放松心情，还能帮助我们更好地面对生活中的挑战与困难。

在书中，我们不仅呈现了经典的段子和趣味故事，还收录了网友们的机智回复。这些真实的互动，展现了人们对生活的独特观察与幽

默感，进一步丰富了书中的内容。这不仅是对幽默的探索，更是对人与人之间温暖联系的强调。我们希望读者在阅读的过程中，不仅能享受到欢乐，也能感受到彼此之间的情感共鸣。

当你翻开这本书，无论是在地铁上、午休时，还是在夜深人静时，都会找到属于自己的那份轻松与愉悦。你可以在忙碌的生活中抽出片刻，与书中的幽默段子对话，感受笑声带来的放松与治愈。或许在这个过程中，你会重新审视自己的生活，发现那些被忽略的美好，感受到人与人之间温暖的连结。

最后，希望《神段子》不仅仅是一部娱乐作品，更是一种生活态度的体现。在这个信息爆炸的时代，我们常常被琐事和压力包围，但只要我们能从心底找回幽默的能力，就能为自己的人生增添更多的色彩和快乐。愿这本书能成为你生活中的一剂良药，帮助你在忙碌的日子里，依然保持微笑，享受每一个瞬间。

让我们一起在《神段子》的世界中，发掘幽默的力量，重拾生活的乐趣，轻松面对每一天的挑战。欢迎你，踏上这段充满欢笑的旅程！

目　录

第一章　社交戏精

小明脱发，去看医生，

小明：“医生，我这是啥病啊？”

医生：“没毛病。”

小明：“怎么可能没病呢，您再查查？”

医生：“没毛病！”

小明：“怎么可能呢，咋可能没事呢？”

医生：“我再说一遍！没毛病！没毛！没毛病！！”

一精神病人在写东西，院长走到他旁边问道：“你在写什么呢？”

病人：“写信！”

院长：“写给谁呀！”

病人：“写给我自己！”

院长：“写的什么呢！”

病人：“你精神病啊，我都没收到怎么知道写的是什么呢？”

乘客：“师傅，麻烦问一下，从这里去机场要多久啊？”

司机：“要很久。”

乘客:“起码要多久?”

司机:“骑马要更久!”

警察:“你当时做了什么? 老实交代!”

答:“到李女士的公司去拜访李女士,看有无具体合作意向。结果她说她很忙,所以我拍拍屁股就走人了。”

警察:“问题是,你拍人家李女士的屁股干吗?”

理直气壮方:“你赢了就是欺负我,输了就是让给我!”

无奈方:“那我不比行了吧?”

理直气壮方:“你不跟我比就是看不起我!”

骨科病房一病人问新来的病友:“怎么弄的啊?”

新病友:“喝牛奶弄的。”

病人:“喝奶能喝骨折?”

新病友:“我喝得正香呢,牛坐下了。”

记者:“大妈,您觉得雾霾对您的生活有什么影响?”

大妈:“影响可太大了! 首先你得看清楚,我是你大爷!”

同学聚会时,一同学接了个电话:“喂,A 股市场加进 2000 万,日元 1000 万,美元 1000 万,对,有事随时联系我!”一同学问:“他什么时候成这样了?”一人说:“那年他卖了车,卖了房,全投进股市……现在就这样了。”“哇,也太厉害了。”“唉,厉害什么~都疯了好几年了!”

和哥们儿吃饭时，要了一个小笨鸡炖蘑菇，服务员端上来时，哥们儿顺便问了一下："这是正经小笨鸡吗？"服务员淡定地说："小笨鸡是小笨鸡，正不正经不知道！"

理发店，理发师向顾客介绍店内活动，想让他办张会员卡。理发师不停地说了很多，顾客怒道："别再推销了！你再说我要骂你了！"理发师说："先生，你反感归反感，但是骂人是不对的，在我们店，只有会员才能骂人。"

小明跟楼下卖早餐的大叔比较熟，一天本着娱乐精神想逗一下他：

"大叔，今天有包子吗？"

"有。"

"那给我来碗面条吧。"

"面条没有了，米粉行吗？"

"可以。"

于是大叔拿出了包子。

地铁站上，老人忍不住提醒小伙："你牛仔裤破了，还穿出来？"

小伙："现在流行这，你不懂！"

老人："真的？可是别人不是破的裤裆啊！"

大学新生宿舍里，大家纷纷互报籍贯。"我北京的。""我长春的。""我是湖州的。"

"咦！你是湖州的？我也是。真的吗？老乡哦！浙江那个湖州？"

"湖（福）建那个湖（福）州……"

老王今天第一次参加家长会，不免有些紧张，其他家长都在聊天，只有他默默坐着。过了一会儿，旁边一个大哥忍不住问：“王老师，你让我们来开会，不上去讲两句吗？”

同学聚会上，一女同学依旧神采飞扬，一同学酸酸地问：“哎呀，你皮肤和身材都好好呀，平时用什么保养呀？”女同学淡淡地回道：“钱。”

某人发朋友圈：大家看我的头像牛吗？

神回复：像。

店员：你好，这个披萨要切 8 块还是 12 块？

顾客：8 块吧，12 块我吃不下。

服务员：“很高兴为您服务。”

顾客：“你高兴得太早了。”

甲方：“改天请你吃饭！”

乙方：“不用了，我今晚有空。”

A：“借我点钱吧！”

B：“这种事情我得跟我老婆商量一下。”

A：“你不是没有老婆吗？”

B：“对啊，所以没得商量！”

A：你为什么这么黑啊？

B：因为我不想白活一辈子。

医生：喉咙不舒服的话，最近不要吃辣，不要吃冰的东西。

患者：奶茶可以喝吗？

医生：可以喝一点点。

患者：一点点啊，好的，那 coco 可以喝吗？

医生：coco 和你症状一样吗？ 也是喉咙痛吗？

快递员：到你小区门口了，快递给你放保安亭？

收件人：不用，你直接拿给我。

快递员：可是你的小区进不去啊。

收件人：我已经在这了。

快递员：可是这只有一个傻傻的保安。

收件人：我就是保安！

网友求助：酒局上领导问“谁结账”，请高手指点！

神回复：真正的高手已经打了一个小时电话了。

网友问：“一山不容二虎，二山会怎样？”

答：“二山（三）得六。

小孔今天买了一盆含羞草，但回去后怎么动它也不“害羞”，便回去问老板：“老板，你这含羞草也不含羞啊！你卖假货！”老板说：“别瞎说，可能你买的这盆脸皮厚！”

自习课上，同学们都在做作业，老师说：“大家有什么问题，就尽管问我！”

某同学：“老师，牛顿的头发是在哪烫的？”

早上，小包从大雾中摸索出门，看到路旁一老者独坐桌旁，肩披白褂，桌子上摆一小圆筒，里边都是签。小包上前去拿起圆筒晃了半天，抽出一支递上前去，说：“老先生，人生如雾，何处是路？给解一卦吧。”老头说：“你晃我筷子干啥？我卖个早点你晃我筷子干啥？”

阿城今天去一家饭馆吃饭，菜端上桌才吃了两口，就找来老板：“老板，你这清炒油麦菜是荤菜还是素菜？”

老板：“当然是素菜了。”

阿城：“那这条虫是怎么回事？”

老板：“嗯，它也是来吃饭的。”

阿城：“它吃饭凭什么我付钱？我又不认识它！”

老板哭着说：“它为了蹭顿饭，把命都丢了，你还能要求它AA制吗？”

快递小哥：你就是小黑犬吗？

顾客：对，我就是小默。

理发店里，理发师给顾客系上围巾后说："美女眼睛好大啊。"

顾客："哥，你再勒紧点我还能把舌头吐出来。"

一朋友第一次带女朋友回农村老家，女朋友名字叫朱静，进门就说："妈，朱静来了。"妈妈听到后说："猪进来了赶出去就是了。"

办公室的鱼缸里养了几只透明的小虾，领导戴着眼镜看了半天，问下属养的是什么。下属说："虾啊！"领导一愣，走了。下属也愣了，赶紧大声解释："虾啊领导！领导虾啊！领导真是虾！！是真虾啊！！"

教授在田间授课："科学研究要不怕脏……"他蹲下来，用手指戳了一下地上的牛粪，然后把手指放到嘴里舔净。一同学忙说："我不怕脏！"然后也用手指戳了一下地上的牛粪放到嘴里舔净。教授："另外还要善于观察，我刚才是用中指戳粪，但舔的是食指。"

过年时，小丽和妈妈回老家，办年货的时候遇到了妈妈的朋友，妈妈上前打招呼，对方看看小丽，惊讶地说："哟，真是女大十八变啊！"妈妈："是啊，小时候长得多好看啊！"

两人在路边打车，过来一辆出租车开得贼快，他俩以为司机没看见招手，就一直喊："师傅！师傅！"然后司机伸出半个脑袋喊道："徒儿们，师傅下班啦。"

老头子给儿子买房子，去办理按揭手续，工作人员："先生，您是季付，还是月付？"老头一听火了，说："我不是继父，也不是岳父，我是，我是父亲！"

两老汉聊天，一老汉说："我儿子出息了，在城里大公司当经理，年薪 20 万，你儿子呢？"另一个说："不知道，听说谁找到他会奖励 100 万。"

病人："大夫，我是不是不行了，你们是不是有啥瞒着我？"大夫："你别瞎想，没事，你是不是听到啥了？"病人："昨天我在看连续剧，护士查房问我咋还看上连续剧了。"

公交车上，小王忽然感到屁股上被谁摸了一下，回头一看，两个漂亮妹妹，其中一个冲他甜甜一笑，小王心里美滋滋的。这时只听另一妹妹说："妹妹，你能不能改掉随处擦鼻屎的坏习惯！"

一男子逛夜市，看中一个木头雕像，摊主报价 120。男子因为实在喜欢，也不还价，先扔了张 20 的，摸口袋准备再拿张一百的。只见摊主迅速捡起 20，说道："20 就 20！"

小明接到电话，对方张嘴就问：“哎，你在家吗？”

小明：“我周五还能在家？饭局啊！一到周五就这样，好几个局喊，你在哪儿呢，啥事？”

对方沉默一会儿，说：“你叫的外卖，我在你家门口呢。”

小可在路边买了一串烤面筋，特好吃，老板也挺热情。小可边吃边建议道：“老板，你做得这么好吃怎么不去学校旁边卖啊？肯定能火。”老板:“不行啊。我这不卫生，不能卖给孩子吃。”

两个老人去养老院，70 岁的老人进去了，90 岁的老人没进去。工作人员：“对不起，大爷，我们不接收儿女健在的老人。您的资料显示，您有一个儿子。”90 岁老人：“刚刚进去的就是我儿子！”

小鱼问大鱼：“妈妈，为什么他们说鱼的记忆只有 7 秒？”大鱼说：“你刚才说啥？”小鱼说：“啥？”大鱼说：“干啥了？”

晚上，小吴在电梯上，一个七八岁的女孩问她几点了。小吴想逗逗孩子，就用幽幽的声音说道：“你能看见我？”女孩满脸呆萌地说道：“姐姐你那么胖，谁看不见啊！”

一个喜欢炫耀的朋友打电话给小何：“你知道吗，我现在在巴厘岛。”小何说：“哦，我离你也就五里地吧。”“啥？你也出国了？”“我在三里屯。”

一次和闺蜜去买耳机，老板拿出许多耳机，闺蜜挑了半天，选了其中一个问老板："这个 50 卖吗？"老板很严肃地说："你怎么不按套路出牌，应该是我先说多少钱，你再讲价的嘛。"

一退休老头，闲来无事就教鹦鹉说话，每天早上必教："早上好！"可惜几个月后，鹦鹉仍不开口。一日，老头心情不佳，未教。只听鹦鹉说道："老头，今天牛了，连好也不问了啊？"

客服："你好，这里是 xxx 号客服，很高兴为您服务。"

顾客："那你说说看，为什么高兴？"

小代的朋友请吃饭，竟然只有馒头。朋友说："表面看这是馒头……"

"其实呢？"

"其实还是馒头，说明它表里如一，象征着我们的友谊。"

某天，千手观音心血来潮，她对维纳斯说："亲，咱们来打赌吧！"维纳斯说："好！输了怎么办？"千手观音："输了就被对方打耳光，好吗？"

餐厅服务生："您的杯子已经空了，要不要再来一杯？"

顾客生气地反问："我要两个空杯子干什么？！"

同学聚会，大家有说有笑，只有一位沉默寡言。别人问他，他说："享受国务院政府特殊津贴，不方便多说话。"同学们顿时投以敬畏的目光。散场后，有人问他具体享受什么津贴，他说："低保……"

小明去理发店剪头发，理发师问："剪到哪儿？"小明："剪到下巴。"理发师："剪到哪层下巴？"

在餐厅，一名顾客要结账："老板，多少钱？"老板："一共 201，我算你 200。"顾客："那我如果花费 204 的话你会怎么算？"老板愣了一下，大手一挥："也给你算 200！"顾客点点头说："那麻烦您再给我拿一瓶可乐。"

一对夫妻去看精神科。

医生："我能为你做什么？"

妻子："我们的儿子有一个想象中的朋友。"

医生："帮助孩子发育良好的健康想象力没有任何问题，这是非常普遍的，根本无须担心。"

丈夫："可我们没有儿子。"

阿壮走在街上，有人来发健身小广告，他不耐烦地说："不需要，我已经办过卡了。"对方打量了一下说："哦？你没有坚持去吧？"

两个朋友在一起聊天。

A："你是不是感冒了？"

B："嗯，是不是我说话声音有点沙哑？"

A："不是，我刚看你抽烟的时候，有个鼻孔不冒烟。"

啄木鸟：笃笃笃笃笃笃笃笃笃……

树：我没病，你别啄了。

啄木鸟：没病走两步?

树：滚!

物理老师："你上课吃东西，算旷课！"

学生抗议道："这是什么逻辑？"

物理老师："你上课吃东西，说明你把这里当自己家，你在自己家说明你没来学校，没来学校可不就是旷课吗！"

烈日下，两只蚯蚓被晒得奄奄一息。临死前，一只对另一只说："我干了，你随意。"

网友提问：不喜欢的人找你聊天问你在干什么，该怎么回答?

神回复：在呼吸。

阿千一个多年不联系的同学突然加他好友，寒暄两句后突然来了一句："能不能借我点钱？"阿千回复："最近刚好在做小额信贷，你要贷多少？"

网友提问：你平时的健身方式是什么?

神回复：在网上抬杠。

代理："你好，想请你帮忙宣传一件事情。"

博主："不好意思，我最近软文都塞满了，没法再接软文了。"

代理："那你看这样可以吗？我不给钱，就不算软文了。"

一名乘客拿着奶茶过地铁安检，工作人员问："手里拿的什么？"乘客："奶茶。"工作人员："喝一口。"乘客："想喝自己买。"

会籍顾问："美女，你好，最近看你很久没来锻炼了，是工作比较忙还是对我们服务不满意呢？运动要坚持呀。"

顾客："都不是。我就是懒，不想去健身。"

司机："你好，定位准吗？我按照导航来接你。"

乘客："定位准的。"

司机："那我马上到。"

乘客："不急。"

司机："不急你还叫车。"

A："老兄，你在派出所有人吗？"

B："有啊，我爸前两天酒驾刚进去。"

一商场门口，有个小伙在配钥匙。小伙：你这里可以配钥匙吗？师傅：可以的。小伙：那帮我配一把。师傅：钥匙呢？小伙：我有钥匙还找你配干吗？

学员："教练，在吗？"

教练："什么事？你说。"

学员："我是今天刚来练车的小王，我有个问题，当面不敢问你，离合器、刹车、油门3个踏板，我只有两只脚，要怎么操作？"

一个老外向一个农民伯伯问路，老外一边说着生硬的中文，一边用手比画，但农民伯伯却还是不明白。最后，农民伯伯着急地说："Can you speak English？"

网友提问：有没有哪个词语，一说出来别人就能猜出你的城市？

神回复：江南皮革厂。

一位兽医去给邻居老李看羊，发现羊身上有刀伤。

兽医："谁这么变态，把你的羊捅了？"

老李："是我自己捅的，我在学校路过看到我儿子金榜题名，准备宰羊请客，结果一刀下去，儿子回来说榜上是跟他重名的人……你看这羊还能抢救吗？"

朋友聚会，其中一个人突然掏出一张红桃 4 的扑克牌扔在桌上。大家都很疑惑时，他说："我有 4，先走了。"

阿华去外地旅游迷路了，看到一个小孩子，就摸着他的头问："小朋友，这是什么地方啊？"小孩子说："这是我的头啊。"

学校老师打电话给小强说："你儿子撒了很多谎！"

小强说："那你转告他，他技术不错——我根本没孩子！"

一女子找大师摸骨算命，大师摸了半天，表情严肃。女子问："大师，算出什么了吗？"大师："罕见！第一次遇到你这样的。"女子说："不会吧？到底怎么了啊？"大师："根本摸不到骨头，全是肉！"

阿荣有个同学开养生馆的，经常在朋友圈讲吃素的好处。阿荣请他吃饭，他问阿荣："你们搞装修的，下班回家会不会经常装装这里，修修那里？"阿荣说："不可能啊，装修只是我的工作。"他说："对啊，吃素也只是我的工作。你别光点青菜行不行？"

市长参观新公园，大家问他有什么意见。市长指着一处空地说："挺好的，不过这里多些绿化那就更好了。"园长点点头，第二天叫人在这里堆了一吨盐。

小丽被仓鼠咬了，去打防疫针。

医生："什么咬的？"

小丽："仓鼠。"

医生："哟，多少钱买的？"

小丽："嘿嘿，朋友送的，不要钱。"

医生低头开了个单子："现在要钱了，360，去缴费吧。"

副机长："我觉得你飞行技术不是很好。"

机长："为什么？只是引擎被鸟撞了，这种事经常都会发生的。"

副机长："是经常，但被鸵鸟撞就不一样了啊。"

顾客："在吗？"

客服："您好。"

顾客："我想咨询一下，如果想要改装车，需要自己提供车，是吗？"

客服：……

A："借我 5000 急用，快！"

B："我只有 4500 啊。"

A："4500 也行。"

B："要不你先借我 500，我凑 5000 一起给你。"

A："不借。"

B："你 500 都不肯借我，我凭什么借你 5000？"

顾客："抱歉，我目前不需要买显微镜。"

推销员："好吧，这是我的名片，再联系。"

顾客："你这名片的字也太小了吧！"

推销员："太巧了，我刚好有适合你的产品。"

A："失业了，最近各种不顺，感觉生活无望。"

B："别灰心呀，俗话说得好，是金子到哪里都会发光的。"

A："可我们是老铁啊！"

妈妈带着小明去看病，轮到他的时候，妈妈对小明说："去跟医生说你哪里不舒服。"

小明走到医生身边："医生，你哪里不舒服呀？"

邻居和楼下餐厅老板聊养生。

老板问："知道你们长期不吃早餐有什么影响吗？"

邻居说："不知道。"

老板："影响我们的生意。"

小戴被骗钱了，去报警，路上一边流眼泪一边心里骂那个骗子。到了警察局，警察问他：“你怎么了？”小戴说：“我被骗了。”警察问：“你为什么会被骗？”小戴一时悲愤交加，说：“因为我是憨憨。”

网友提问：开学了，怎么一句话得罪新同学呢？

神回复：你鞋是假的。

一对夫妻到学校开家长会，老师把他们留下说要聊一聊。老师意味深长地说：“你们的儿子有自己的想法，前途无量啊。”

家长问：“怎么了？”

老师：“我问他想不想当班长，他问我当班长年薪多少。”

网友提问：一句话形容内向的人？

神回复：等待可玩角色激活对话的 NPC。

病房里，医生面色沉重地对丈夫说：“你老婆陷入昏迷了。”

丈夫连忙恳求：“医生请你救救她！她才 30 岁呀！”

听到这里，不省人事的老婆手指抽搐起来，开口说道：“我 29 岁。”

魔术师：“你在心里想一个 1 ~ 10 的数字，但不要告诉我。”观众：“想好了。”魔术师：“是不是 9？”观众：“你怎么知道？”魔术师：“我运气好，蒙中的。”

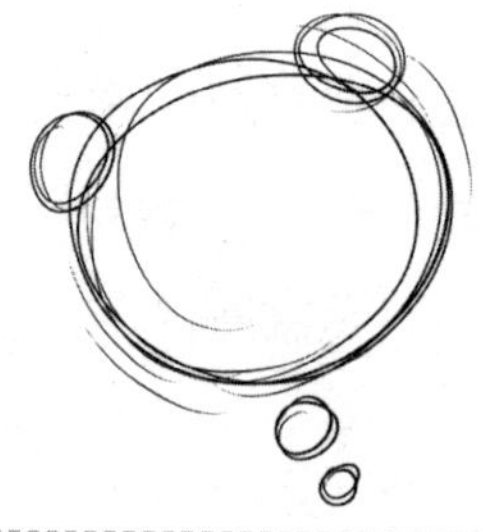

一位资深工程师朋友问："最近 iOS 是不是增加了一个新功能？每次打电话说完拜拜，手机离开耳朵就自动挂了，真牛。"

朋友冷笑道："是对面挂了啊！"

网友提问：怎样知道戴墨镜的人有没有在偷看你呢？

神回复：假装打哈欠，因为哈欠是会传染的，所以如果他们在看你，他们也会跟着打哈欠。

医生："你从什么时候开始发烧的？"

妹子："不记得了……等我查一下。"

妹子：（掏出手机滑动页面）"从 15 号开始的！"

医生："朋友圈吗？"

妹子："对啊。"

一位上海的朋友多年前买了数套房产，几年后升值几倍。小明不禁感慨："还是你有先见之明啊！"他笑了笑说："我哪有什么先见之明，当年买房，主要是因为有钱。"

老师："大家来说一说，你们为什么要学习？"

小明："因为学习使我妈快乐。"

小华："真的真的要开始存钱了！不能再这样下去了！"

朋友："出来嗨？"

小华："地址。"

小美："你不是经常都在锻炼吗？怎么还这么胖！"

闺蜜："你不是一直在工作吗？怎么还这么穷！"

凌晨2点，小海邻居来敲家门，他说："老兄！你们吵得我真的没法合眼啊！"

小海说："哎呀，那你运气真好，我家正好开Party呢，你也来吧！"

婚礼上，伴郎对身边的哥们儿说："新娘这可真是丑成狗啊。"

"你说什么？那可是我女儿！"

"哎呀，抱歉，我不知道您是她父亲……"

"我是她母亲！"

网友提问：在初次见面时，怎样回应"年龄只是个数字而已"之类的话？

神回复：牢房只是个房间而已。

一个连吃30个糯米饼导致肠子被完全堵死的病人令医生印象深刻，他决定用这个病例去教导其他病人不能暴饮暴食，结果病人们听完后的第一个问题是："什么牌子的糯米饼这么好吃？"

小风上公交车，坐到一个男的旁边，男乘客眼神怪怪地看了看小风。小风心想："真晦气，明明车上一个乘客都没有，我怎么还是坐在了一个神经病旁边！"

小强接到一个陌生电话，那边响起甜美的女声："你好，我是XX证券的分析师，目前你手上有哪些股，我可以帮你分析下。"

小强："我只有屁股。"

顾客："老板！你给我寄的鞋子发错了！两只都是反的！"

客服："亲，试着把鞋子交换一下呢？"

顾客："跟谁交换？两只都是反的，谁能跟我换？"

网友提问：社交网络最大最有用的功能是什么？

神回复：避免社交。

一名吃货被推进手术室，医生问："要全麻还是半麻？"

吃货："我要微辣。"

心灵导师："大家如果想在聊天中变可爱的话，可以多用：呗、喔、啵、滴、嗯呢、嘻嘻。"

学徒："帮我还花呗。"

有个投资圈的大佬结婚，各地老友纷纷道贺捧场。女方家都惊了："你这些哥们儿太铁了，这么老远开车过来，怕咱家准备车少？"新郎微微一笑："他们都是失信被执行人，买不了飞机高铁票。"

A："当你不想跟一个人聊天，你会说什么？"

B："对啊。"

A："就直接说'对啊'？"

B："对啊。"

A："这样不会很奇怪吗？"

B："对啊。"

顾客："你好，你这里可以提供文身服务吗？"

文身师："是的。"

顾客："文身需要本人过来吗？"

文身师："不用，把你需要纹的部位寄过来就好。"

某人看到邻居小男孩坐在楼梯哭泣，问道："小朋友，你怎么啦？"男孩哭着说："是我爸爸，他不小心手指被铁锤敲到。""那你为什么哭呢？""因为我一看就笑出来了。"

小明坐电梯，门开了之后，一个满头白发的老爷爷拖个绳子缓缓走进来。小明以为碰到灵异事件了，结果老爷爷回头说了句："哎！我的狗呢？"

顾客："你好，请问你们家的衣服我可以穿吗？"

客服："亲，请报一下你的身高、体重。"

顾客："155，160。"

客服："请问哪个是身高？"

老婆生产时，护士在一旁不断地说"用力"，她就拼命用力，直到一个响屁放了出来，她满脸惊恐。老公安慰她："别担心，分娩时这种情况很常见。没错吧，护士小姐？"护士捂着鼻子说："没错，但一般是母亲放，没见过父亲放的啊。"

推销员打电话让小明办上网套餐，小明不耐烦地说："我已经有了！不需要了！"推销员很执着："可是我们的价格很优惠哦，请问您现在的网络供应商是谁呢？"小明冷笑着回答："我隔壁邻居。"

小龙问面前的哥特系小哥："你穿着那么厚的大衣不觉得热吗？"

小哥没好气地说："不觉得。"似乎觉得有点冒犯。小龙连忙抱歉说："哦，不好意思，我只是想在一起蒸桑拿时找个聊天话题。"

小东去看眼科大夫，进门就说："大哥啊，我觉得我得换副新眼镜了。"

女医生说："我也觉得。"

男子严肃地说："一个不可否认的事实：重力永远在试图脱掉我们的裤子。"警察冷笑道："这就是你在马路上暴露的理由？"

跳伞训练，教练问："现在这个距离，你能看清那边那辆车的车牌号吗？"

学员大吼道："废话！你快把伞包打开好吗！"

青年："大师，这股市上蹿下跳，做股票咋这么苦？"

大师："你收盘后再来。"

青年："你的意思是，要想成为一名优秀的投资人，就要冷静沉着，直面大盘？"

大师："烦死了，不要影响我看盘好吗？"

交警："先生，我闻到了酒味。"

司机："是啊，那是因为你不懂得和别人保持距离啊！"

网友提问：世界各国的猫语言通用吗？外国猫能听懂中国猫在说什么吗？

神回复：不一样的。中国的说"一起喵喵喵"，外国的说"what's up, man 喵"。

医生："你这个人，有疑心病。"

患者反驳他说："你已经是第十个这么对我说的医生了！你们一个个全都串通好了是不是！"

便利店里的营业员拒绝卖计生用品给一名男子。男子怒道：“我都已经 30 岁了，又不是未成年人！”营业员回答：“我知道啊，可是你身上只有两毛钱。”

北方蟑螂走在路上，南方蟑螂走过来塞给它一张传单说：“飞行、健身了解一下？”

医生：“我有一个好消息和一个坏消息。”

患者连忙问他：“先说坏消息是什么？”

医生：“你癌症晚期。”

患者：“那好消息呢？”

医生：“好消息是给另一个病人的。”

客车上，乘客问司机：“师傅，这车不走高速吗？”

司机：“这就是高速啊。”

乘客：“大哥，你这样就不对了，你可以侮辱我的人格，但不能侮辱我的智商，你解释一下这红绿灯怎么回事？”

小明：“我买了 100 平米的房子，你们不是说好送我 20 平吗？”

售楼员：“你看那阳台。”

小明：“那阳台怎么看也就 5 平吧。”

售楼员：“你过去仔细看看。”

小明走过去，睁大了眼睛，果然看见了 20 瓶矿泉水。

超市排队结账，忽然一男子插到小龙前面，小龙拍了拍他的肩膀说：“是你啊！”

他转过头来，一脸茫然地看着小龙说：“我不认识你啊。”

小龙一下把他从队伍里推了出去说：“不认识我你站我前面干吗！”

减重患者问大夫：“有什么简单有效的减肥操吗？”

大夫：“把头部从左边转到右边，再从右边转到左边，一组做3次。”

患者：“那要什么时候做呢？”

大夫：“别人要请你吃饭的时候。”

小风出差打的，上车说了地名，司机看了他一眼问：“外地来的吧？”

小龙笑着回答：“是啊！ 第一次来！”

就在小龙刚准备说第二句话的时候，司机又开口了：“到了，10块！”

中学有个老师姓宇文。一个不懂得复姓的同学叫他：“宇老师！”老师很尴尬地说：“同学，请叫我宇文老师。”这位同学愣了：“但你是教数学的啊！”

禅师端坐云台，每日参禅打坐，风雨无阻。有仰慕者问禅师：“为何每日要端坐4个时辰，可是什么玄妙法门？”禅师淡然道：“前两个时辰磨洗心境，洗脱凡尘。”仰慕者：“那后两个时辰呢？”禅师：“腿酸，站不起来。”

昨天在路上有人吵架，其中一男的气势汹汹地对另一个男的说：“你知道我爸是谁吗？！”对方淡定地回了一句：“你都不知道我怎么会知道？”

医生：“你这两颗坏牙可以拔掉了。”

患者：“我害怕啊，牙拔掉了会不会有啥副作用啊？”

医生：“会有一点。”

患者：“是什么啊！”

医生：“你的体重可能会减轻一些。”

小明在街上看到一个乞丐，问他：“你是不是还没吃饭呢？”乞丐点了点头。小明说：“那正好，咱俩把这个汉堡分了吧！”乞丐愣了一下：“这是别人刚给我的！”

某男子独自走在路上，隐隐觉得有些不对，后颈传来阵阵寒意，咽喉像是被人捏住了，透不过气来，直到有一个路过的高人，大喝一声，才将他解救：“嗨！哥们儿！你毛衣穿反了吧！”

小李为朋友演奏钢琴。小李：“我弹得怎么样？”

朋友：“你应该上电视里弹奏。”

小李：“有那么好吗？”

朋友：“如果你在电视里，我就可以马上把它关掉。”

有一乞丐在街上拉住一男的说：“帅哥，可以捐助一块钱吗？”

男的愣了两秒大吼道：“盲人你也能看出我是帅哥？！”

顾客：“老板，这套衣服多少钱？”

老板：“180。”

顾客："单买裤子多少钱？"

老板："最低130。"

顾客："算了，不跟你讲价，来件上衣。"

小明站在铁匠铺旁边看铁匠打铁，铁匠拿出烧红的铁，小明说："你给我100块钱，我就敢舔一舔它！"铁匠听后，马上拿出100块钱给了小明。小明接过钱用舌头舔了一下，放进兜里走了。

第一次出国住酒店的时候发现里面有老鼠，但是英文太烂不知道老鼠的英语怎么说，无奈之下打电话给前台："Do you know Tom and Jerry？"

"Yes sir."

"Jerry is here！"

顾客："老板，你这汤里的丸子什么肉啊，看起来有点生……"

老板："那我给你介绍一下吧，朋友，这是猪肉丸子。猪肉丸子，这是顾客。"

小明到银行ATM机取钱，看到一个ATM机，是那种隔间的，刚拉开门进去吓一跳，里面有个乞丐大叔在睡觉。小明小声地对大叔说："能让一下吗？"大叔微笑着让出了一半地方，还拍了拍一个麻布口袋上的灰，说："睡吧，兄弟！"

A："一个同学，平时都不联系，现在结婚，要我随礼，这不明显骗钱吗？"

B："同学结婚请你，想跟你沟通一下

感情？怎么光想到钱呢？是大学还是中学同学？”

A：“驾校的，一起学了3天车！”

掌柜：“亲，对不起，松茸没有了！”

顾客：“我拍的时候还有一件啊。”

掌柜：“亲，我刚刚吃掉了！”

炎炎夏日，看着满头大汗的快递员，阿飞递给他一瓶德国啤酒，他一饮而尽，打了个响嗝，问：“要寄什么东西？”

阿飞：“被你喝掉了。”

房东：“你姓什么啊？”

租户：“我姓罗，刘罗锅的罗！”

房东：“小刘啊，一定要按时交房租啊。”

租户：“我姓罗啊，刘罗锅的罗啊！”

一天，班上来了一个插班生，她自我介绍：“我未必会是最美丽的，我未必会是最聪明的，我未必会是最优秀的……”当全班同学都称赞她谦虚时，只听她大声说：“大家好，我的名字是魏碧慧！”

A：“你好，我是东海龙王的侄女儿敖夜。”

B：“巧了，我是李靖的女儿学吒！”

医生：“你父亲已经离开了。”

小明：“天啊！”

医生：“我是说他在另一家医院！”

空姐走过来问一名乘客：“先生，您要饮料吗？”

乘客问：“有什么可选的吗？”

空姐：“要，或者不要。”

第二章　饮食男女

单身汪出去玩，碰到一个熊孩子：

“叔叔，叔叔，买枝花送给姐姐吧。”

“是哥哥。”

“叔叔，叔叔，买枝花送给哥哥吧。”

“老公，外面打雷了，我好怕哦……”

“不怕，不怕，只是打雷而已，一会儿就过去了。”

“好的，老公，那你能先从床底下出来吗？”

有个男生剪了个很酷的发型，着急让女友看，便在女友宿舍楼下喊：

“XX！你快看，我剪了个酷头！”

这时，一个女生突然打开窗户喊：

“谁？谁捡了我的裤头？”

朋友最近很苦恼，他平时开玩笑开习惯了，结果跟女生表白人家以为是开玩笑呢。我好意告诉他：“她才没误会呢，她只是和我一样善良。”

网友求助：喜欢的男孩子送我一个保温杯，可是盖子丢了，怎么办？

神回复：你知道这说明什么吗？迟早会凉……

堂兄30多岁仍单身。有一次家里人问他："你的公司里有这么多漂亮的女生，为什么你还没有找到女朋友？"

堂兄冷冷地说："兔子不吃窝边草。"

"在这个年龄，你还讲什么气节！不吃窝边的草。"

堂兄沮丧地说："美女是兔子，我是草啊！"

我："我想要条龙。"

圣诞老人："你现实点。"

我："我想要对象。"

圣诞老人："你要什么颜色的龙？"

男："我认为我们很般配。"

女："为什么？"

男："一个笑着好看，一个看着好笑。"

女朋友带我见家长，我不想太尴尬，便主动对阿姨说："阿姨真是年轻！看起来一点不像50岁！"

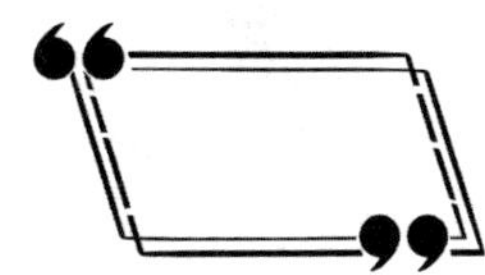

阿姨："真会说话，那你看我像几岁？"

"49！"

妻子拿着笔不小心画到自己脸上了，然后问丈夫：“我脸上有东西没？”

我：“有”

一顿搓——“还有吗？”

“有！”

“……有什么？”

“肉。”

怀了孕的妻子问丈夫：“你希望我们的孩子像谁更好？”

丈夫自卑地说：“像谁都行，就是千万别像我，又矮又丑的。”

妻子：“这话你为什么不早说，害得我担惊受怕的。”

妻子：“明天是我妈生日，你打算送什么礼物？”

丈夫：“送几条香烟吧。”

妻子：“你疯了？我妈根本不抽烟，你又不是不知道。”

丈夫：“我知道啊，只是我每次去她那里，她光招呼我喝茶。”

丈夫：“你出去时，可别带那只怪模怪样的花狗去。”

妻子：“我觉得那条花狗很可爱。”

丈夫：“你一定要带着它，是想以它作为对比，显示出你的美貌吧？”

妻子：“你真糊涂，如果想那样，我还不如带你出去更好！”

网友提问：有个女生帮了我的忙，我想感谢她但不希望她男友误会，我该怎么做?

神回复：你可以给她送个锦旗。

男："今天有空吗？一起去玩啊！"

女："不好意思，我考虑了一下，我觉得我们还是不太合适。你人很好，各方面条件也不错，但我和你在一起没有恋爱的感觉，祝你早日找到对的人，抱歉。"

男："我觉得挺合适的，那你喜欢怎样的男生？"

女："我喜欢幽默的。"

男："我挺幽默的。"

女："长得幽默不算幽默。"

妻子对丈夫说："我发现只要你拿起一本书，你很快就会闭上眼睛。"

丈夫平静地回答："我在思考人生。"

妻子撇着嘴说："是在思考明天吃什么吧，口水快流出来了。"

老婆："老公，我明天早上起来做早饭给你吃吧！"

老公："睡前不要讲恐怖故事，快点睡！"

骑车回家，过马路时，我发现绿灯已经开始闪烁了，就冲着骑在稍微靠前一点的他喊了声："咱俩还过不过了？！"

谁知他扭脸儿说："凑合着过吧，还想离咋的？"

老婆：“你说我长得像维纳斯吗？”

老公：“像，简直一模一样，怎么就没人把你偷走呢。”

网友提问：女朋友允许我出轨，并且还介绍她闺蜜给我认识。在她真的很爱我的前提下，该如何理解她的行为？

神回复：千万不要上当！！！Mac 告诉你，我也可以装 windows 系统哦，但你真的装了，会用高发热来报复你的！

网友提问：为什么有人说“女人永远是对的”？

神回复：这句话反映了很多男性蛮不讲理地认为很多女性蛮不讲理。

一对小情侣恋爱得火热，临近结婚，姑娘问小伙：

“你家有钱吗？”

小伙答：“有！”

于是两人领了证。婚后姑娘发现小伙很抠门，于是再次问小伙：

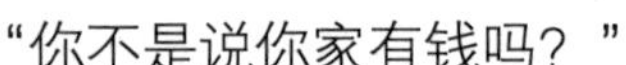

“你不是说你家有钱吗？”

“是有啊，就是不多！”

女：“你有多喜欢我？”

男：“一毛吧。”

女：“为什么？”

男：“因为是十分啊。”

男：“我妈说，不能吃垃圾食品！”

女：“你妈怎么这么多事！”

男：“我妈说，晚上睡觉不能吹空调！”

女：“你妈怎么这么多事！”

男：“我妈说，要在北京买套房！”

女：“你妈……咱妈真这么说的？”

老婆：“如果我不小心跌进河里，你是否愿意立刻跳下去救我？”

老公：“当然了！你不是常说我喜欢办傻事吗？”

老婆把老公新买的自行车撞坏了，就发信息告诉了老公，老公回：“你若安好，便是晴天。”老婆看到后，很感动，不一会儿老公又发来一条：“你若安不好，看我怎么收拾你！”

深夜。

夫：“媳妇，饿不？我给你买碗皮蛋粥啊？”

妻：“不用。”

夫：“那我去给你洗点水果吧？”

妻：“不用。”

夫：“那我去洗洗衣服拖拖地吧？”

妻：“不用。”

夫：“媳妇，那你说我干点啥呢？反正我这也没啥事！”

妻：“你就消停地在那跪到天亮得了，别闹腾了！”

小博喜欢晓静很久了。一天上课，小博实在忍不住了，给晓静传了个纸条："我注意你很久了。"然后晓静回了个纸条："以后我上课不吃瓜子了，你别告诉老师啊。"

男："怎么你看我时的眼光总是躲躲闪闪的啊？是不是喜欢上我了？"

女："对不起，不忍直视。"

一家餐厅里看见了温馨的一幕。男孩对女孩说："就剩不多肉了，你多吃点，我不饿。"女孩感动地说："你吃个自助哪来那么多废话！吃不下还夹那么多！给老娘吃完！"

老婆："老公看着我，说我真美！"

老公闭着眼说了句："你真美！"

老婆问："为什么不看着我说？"

老公："我不能睁眼说瞎话！"

阿君又把女友惹毛了，道歉了也没用，女友气呼呼地在家里转圈："哼！我要去买个贵的东西！"阿君一听，有转机！马上说："好啊！我陪你去买。"然后一起去市场买了个搓衣板回来……

小华有个中国通的美国朋友 Jack，今天换了个 QQ 签名"you don't know love far high"。

小华猜可能他失恋了，觉得对方对爱的含义理解不够深。问他到底什么意思。

Jack 回道："法海你不懂爱。"

网友求助：结婚以后，两个人在一起最重要的是什么？

神回复：就当这婚没结。

网友提问：如何拒绝不爱但很善良的男生？

神回复：不要在寂寞的时候找他。

闺蜜交了个特别帅的男朋友，小美羡慕得不得了，就对男朋友说：“看人家男朋友长得多帅呀！”

男朋友淡淡地说：“那又怎样，他女朋友又没我的漂亮。”

小美：“你太好了，今天我下厨，为你做大餐！”

男朋友：“什么？你竟然恩将仇报！”

女：“对不起，我们可能不太合适。”

男：“不可能，我百搭！”

A：“你怎么一个人逛街啊？”

B：“半个人逛街我怕吓着你！”

网友提问：你收到的最雷的表白语是什么？

神回复：做我女朋友行不行，行就行，不行我再想想办法。

网友提问：“谁，执我之手，敛我半世癫狂”是什么意思？

神回复：我有病，谁有药！

网友提问：如何提高女朋友的智商？

神回复：她不喜欢你的时候，智商自然就高起来了。

网友求助：和女朋友吵架怎么让她闭嘴？

神回复：说“你除了长得漂亮还有啥！”

A：“你男朋友送过你什么东西啊？”

B：“送我回宿舍。”

A：“面对你喜欢的人，一般会是什么表现？”

B：“一边觉得自己是自作多情，一边自作多情。”

A：“猫会喵喵叫，狗会汪汪叫，鸭会嘎嘎叫，鸡会什么？”

B：“鸡（机）会留给有准备的人。”

女：“你看别人家男朋友！都吃女朋友剩下的饭。”

男：“你倒是给我剩点啊！”

男：“你的眼里根本就没有我！”

女：“谁？谁在说话？”

女：“等我瘦了，你娶我好吗？”

男：“不想嫁我就直说！”

女：“你在干吗？”
男：“玩手机。”
女：“不睡觉玩什么手机！”
男：“iPhone 手机。”

网友提问：你在篮球场上受过最严重的伤是什么？
神回复：看到队友的女朋友过来给他送水。

男：“小姐姐你好，能不能稍微聊一些敏感话题？”
女：“好呀。你对南海局势怎么看？”

男：“你不觉得我们的生活少了点仪式感吗？”
女：“那我每天给你上炷香吧。”

网友提问：闺蜜背着我和曾追求我的男人约会是一种什么心理？
神回复：你闺蜜力气真大！

网友提问：你暗恋的人突然反过来向你表白，是一种什么样的体验？

神回复：还想继续睡，然后努力想怎样才能把梦续上。

男：“我在你心里算什么？”
女：“你不在。”

网友提问：为什么说暖男是渣男的概率比较大？

神回复：你有没有烧过煤？

网友提问：所有的网恋都很甜吗？

神回复：普遍都是，毕竟是在和自己想象出的人谈恋爱，怎么会不甜。

一个人在沙漠里快要饿死了，这时他捡到了神灯。

神灯：“我只可以实现你一个愿望，快说吧，我赶时间。”

人：“我要老婆……”

神灯立刻变出一个美女，然后不屑地说：“都快饿死了还贪图美色！可悲！”说完就消失了。

人：“……饼。”

高铁上，前面一排坐着一男一女，女的在用护手霜。男人说：“我也要用。”说着随即把手伸了过去。女人看着男人毛茸茸的手说：“这手还用护手霜啊？该用护发素！”

老婆：“老公，我想你了，尤其是刚才看完恐怖片之后。”

老公：“什么恐怖片？”

老婆：……

网友分享：他今天山盟海誓说我是他生命中的一部分，我是他身体中的一部分，如果没了我，他就活不下去啦！

神回复：我的前男友也是这么说的，后来我才知道，我是他盲肠、阑尾、仔耳、六指这类可有可无的玩意儿！

阿民："最近想和女朋友看电影，有没有好看的推荐一个？"

阿华："大片挺多的，随便选一个都可以。"

阿民："我是让你推荐一个好看的女朋友。"

女朋友："失败是成功之母，那什么是成功之父？"

男朋友："每当我花钱帮你清空购物车时，叫成功支付。"

女友问男友："你觉得我长得怎么样？"

男友："发自内心的漂亮！"

女友一脸娇羞说："讨厌！"

男友又补了一句："只是表面一点都看不出来！！"

男友："亲爱的，我们就要结婚了，我希望能掌管家里的财政大权，你想管什么？"

女友："我只管你两件事：一个是你的时间，另一个是你的钱，其余事情我都不管！"

小伙请女生喝奶茶，女生问："这奶茶多少钱一杯？"

小伙："12 块。"

女生："不喝了，口红很贵。"

女："老公，我一直对你发脾气，你会不会觉得我有公主病？"

男："公主发脾气才叫公主病，你那是情绪失控综合征。"

城里男人吹牛："我媳妇儿可能干了，自己开车，自己洗衣、做饭、打扫房间、喂孩子、管孩子、带孩子上课下课、赚钱、逛街、啥都难不倒她！"

农村人回答："你媳妇儿这样的人，在我们那里叫寡妇。"

问一对男女："如果死后，在奈何桥看到孟婆，给你喝孟婆汤，你会说什么？"

女友："不要让我忘掉亲人。"

男友："不要香菜和葱花，谢谢。"

女友想去整容，男友说："你去整容的话，两块钱就够了。"女友得意地摸着下巴问："真的吗？"男友说："是啊，坐公交车去整容医院，大夫一看摇头说弄不了，你再坐公交车回来。"

一对夫妻吃完饭后，丈夫说："待会儿把碗洗一下。"妻子深情地望着丈夫，说："你自言自语声音怎么这么大！"

晚上，老公喝醉回家，老婆对他大吵大闹。男人当时就急了："闭嘴，你也是上过大学的人，干什么大吵大闹的，有点素质好不好，有什么事不能等我跪下再说！"

老公烧了酸菜鱼，味道极好，老婆吃了很多，他却没吃。晚上，老婆看到老公在网页上搜索：酸菜长毛了，吃了会怎么样？

舍友好不容易有女朋友了，大家说要看照片，寝室长看了照片后又看了舍友几眼，说："如果用植物来形容她，那她就是一朵鲜花；如果用蔬菜形容她，那她就是白菜；如果用动物形容她，那她就是天鹅。"

一男子向佛祖许愿下一场大雪。佛祖："包邮区下大雪有点难，换一个愿望吧。"男子说："那我想谈恋爱。"佛祖："今天下大雪可以吗？"

晚上，老公把灯关了，老婆想撒娇，于是钻进老公怀里说："老公，我怕黑。"老公一把把她推开："别装！我记得上次去鬼屋，你一路上和那些鬼握手，整得跟明星和粉丝握手一样！"

在纽约的地铁上，一位中国男子对着电话哭泣大喊："你爱的根本不是我，你只是为了方便去中国看熊猫！"

男："人们的辨识能力随着时代的发展而退化。"

女："你从哪儿看出来的？"

男："以前化成灰都认识的人，现在化个妆就不认识了。"

一对情侣吵架冷战，男生上午给女生转了 520 元，然后又转一个 1314 元。女生发来一条信息："有诚意的话，一句话就不要分开两次说！"

老婆单位新来一个同事叫何莲，那个娴静，那个美貌，真是跟莲花有一样的气质，于是回来跟老公商量："以后咱闺女也叫莲吧！多古典美呀！"老公沉默了一下，幽幽地说："你是忘了我姓刘吗？"

年轻人对禅师说："我女朋友怀了别人的孩子然后打掉了，我原谅了她。现在她又怀了别人的孩子，我该怎么办？"这时禅师沉默不语，拿出一个剑鞘。

青年："您的意思是让我包容她？"

禅师："你就是剑……"

老公下班回到家，对老婆说："你在看什么鬼东西，电视里那个穿燕尾服的傻瓜是谁？""是你啊。"老婆笑着说："这是我们的婚礼录像。"

老婆又买了个奢侈品牌的包包，老公很是恼火，说："你怎么又乱花钱！"老婆微微一笑说："遇到喜欢的东西就买下来，钱不是真的花掉了，而是换了另一种形式陪在身边。"

女："你的衬衫上一根头发都没有！"

男："所以呢？"

女："所以那个秃头女孩是谁！"

丈夫问妻子："如果我中了彩票的话，你会怎么做？"

妻子回答："拿走一半，和你离婚。"

丈夫："我中了 10 块钱。这是 5 块，那儿是我家大门。"

妻子：“我有一袋子的旧衣服想捐赠。”

丈夫：“为什么不直接扔进垃圾桶呢？那容易多了。”

妻子：“但是有些挨饿可怜的穷人可能真的需要这些衣服。”

丈夫：“亲爱的，任何能穿上你衣服的人都不会挨饿。”

女：“520我们改个情侣昵称吧。”

男：“好啊。”

女：“我叫猫南北。”

男：“那我呢？”

女：“你叫狗东西。”

小吕今天在路上看到了前女友，吓得立刻假装打电话。前女友走过来笑着对小吕说：“又在假装打电话啊？”小吕问：“你怎么知道？”她说：“你每次假装打电话都会把大拇指放在耳边，小拇指放在嘴边。”

姑爷：“岳母，我想问您一个问题。”

岳母：“孩子，有什么事情直说吧！”

姑爷：“请您不要教我怎么带孩子。我就和一个您带大的孩子生活在一起，她的不足之处可太多了。”

丈母娘来吃饭，姑爷下厨。姑爷听到丈母娘在客厅说：“他在干嘛呢？”

老婆说：“他是这样的，他吃得淡，放盐一点一点地放。”

丈母娘：“这鬼样子，还以为他在放砒霜。”

女："我好饿，想吃甜甜圈。"

男："那就吃。"

女："我怕胖。"

男："那你只吃甜甜圈中间的那个圈就行了。"

今年520，单身的小军去了峡谷，大喊"我爱你！"只是为了听到回声。回声很快传来："你是个好人。"

小强和女朋友吵架，她生气地质问："你说你爱我？可我根本没感到你比别人更爱我！"小强怔了一下，反驳道："起码我比别人多了几十斤肉在爱你！"

网友提问：你是如何凭实力单身的？

神回复：净挑那些不可能喜欢自己的人喜欢。

女："我们不要生气了好不好，你说一句我错了，然后我也说一句我错了，然后我们和解好不好？"

男："我错了。"

女："错哪了？"

网友提问：我结婚后，只要跟任何一个异性有肢体接触，都有触电般的感觉。怎么办？

神回复：少穿涤纶的衣服，多用点柔顺剂。

老妈：“不要再玩暴力游戏了！ 这样会让人变得暴力！”

儿子：“那我也经常玩恋爱游戏，为什么现在还是没女朋友呢？”

网友提问：男女分手并不是什么光彩的事，为什么有些人还喜欢高调宣布呢？

神回复：出租车下客后，司机都会竖起空车牌。

网友提问：想给老婆买一个卡地亚的手表，500 左右有什么推荐吗？

神回复：我觉得你干脆不要买卡地亚手表，送一双隐形的翅膀，还不花钱，让你老婆飞过绝望。

一对夫妻吵架，老婆突然对老公说：“我太累了，不想扇你。”

老公说：“那好啊，远离家庭暴力。”

老婆说：“可以用你的脸猛击我的手掌吗？”

妻子：“我看起来好胖啊，你能不能夸夸我？”

丈夫：“你眼神儿挺好的。”

儿子今天带了个女孩回家，儿子对爸爸说：“爸，这是我的新女友。”

爸爸冷笑道：“这么丑的你也看得上？ 你到底在想什么？”

儿子叫道：“爸！ 小张人很好的！”

爸爸点头说：“我知道啊，我是在对她说。”

老公问老婆：“你还记不记得10年前我们吵了一架，然后我们赌气，分别拿出纸来写对方有多少缺点？”

老婆笑着说：“对哦，那张纸我现在还留着呢。”

老公点点头：“我今天终于写完了。”

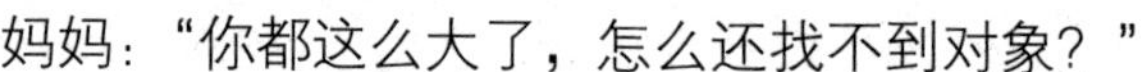

妈妈：“你都这么大了，怎么还找不到对象？”

儿子：“妈，别急，总会有一个人在等着我的。”

妈妈：“阎王爷是吧？”

男：“我是不是太直接了？”

女：“是的。”

男：“我不是那种内向的男孩子。”

女：“哦哦。”

男：“你喜欢哪种类型的男孩子？”

女：“内向的。”

女：“你这个渣男！为什么要劈腿！”

男：“哎呀，你说话怎么越来越像我老婆了？”

A：“每个单身者都应该反思一下。”

B：“反思什么？”

A：“除了嚷嚷之外，还为结束单身做过什么努力！”

网友提问：有没有什么在别人眼中很简单，但是你永远也学不会的东西？

神回复：找对象。

前男友加前女友微信聊天，说他要结婚了，又问前女友最近怎么样，在干吗？

前女友微微冷笑，回复道：我在坐月子！

夜深了，老婆暧昧地看着老公问："今天怎么玩啦？"

老公说："那你换上女仆装哦。"

老婆："讨厌啦。"

等老婆换好衣服，老公说："现在跪在我面前。"

老婆："嘻嘻，然后呢？"

老公说："现在开始擦地。"

新买的65寸3D智能电视送到了，老公兴奋得合不拢嘴，冲上前去抱住了电视机。老婆骂道："看看你这副样子！对着个电视机这么亲热！怎么就不能对我也亲热一点？！"

老公笑着说："因为我伸出手来至少能环抱住电视机啊。"

女网友：别信照片，我本人并不好看。

神回复：你照片上也不好看啊。

网友提问：单身的你，怎样排解寂寞？

神回复：我有时候只刮一条腿的腿毛，这样躺下的时候，让我感

觉是和男人躺在一起。

男："下班我在你楼下等你？"

女："不好意思我刚搬了新家。"

男："我去你新家？"

女："我住的是哈尔的移动城堡。"

网友提问：我很爱她，可她对我一直冷冷的，于是我萌生了试探一下的想法，后来被发现，直接说了再见，我该怎么办？有没有办法追回来？

神回复：她知道她是你女朋友吗？

老婆背着老公和垃圾工好上了。老公问："你怎么能做出这样的事情？"老婆说："他很在乎我，经常带我出去！"老公叹息道："亲爱的，那是因为这是他的工作！"

男友嘲笑女友为了减肥，什么好吃的都不敢吃，活着没意思。

女友："你根本不知道我减肥的目的是什么。"

男友问："是什么？"

女友："是为了换掉你。"

男生："女友说叠字的时候最可爱了。"

女友："你过来，我们需要谈谈。"

女："有的男人，就算住在森林里，不是人养大的，听不懂人话，还是能找到女朋友。"

男：“你说的这个男人是谁？”

女：“人猿泰山。”

小鹏收到女网友的消息：你要注意身体啊……

小鹏有点开心：你很关心我？

女网友：心理已经很变态了，身体一定要健康啊。

男：“你有没有考虑过我的感受？”

女：“有的。”

男：“那你还这样？”

女：“因为我不在乎你的感受啊！”

网友提问：最近一次女孩子对你说的话是什么？

神回复：能不能请你离我远一点呢，你让我感觉很不舒服。

老婆骂道：“你这个人怎么这么幼稚？你为什么总要用对讲机和你那帮朋友说话啊！能干点正事吗？我们的婚姻完了！”

老公点点头回复：“你说我们的婚姻怎么样？Over。”

网友提问：到底怎么才能分辨一个女生是否喜欢我？为什么我从来没觉得有女生喜欢我呢？

神回复：相信自己的感觉。如果你从来没觉得有女生喜欢你，那是因为事实确实就是这样。

小渣在酒吧里看到个漂亮女孩，就去和她搭话，成功要到了她的号码。隔天打电话给女孩，她震惊地问："你怎么有这个号码？"

小渣说："是你给我的啊。"她说："哦，天！我一定是不小心给了真号码！"

网友提问：男生坚持健身，读书，提升自己，真的能把女生吸引过来吗？

神回复：不必担心！只要你坚持这样做，只需数年，你就习惯一个人的日子了。

网友提问：夫妻之间怎样才能保持新鲜感呢？

神回复：再婚。

网友提问：宅男和女友约会之前要先做什么？

神回复：打开电脑。

朋友问小A："为什么有女孩约你，你都拒绝了呢？"

小A笑着说："如果一个女孩愿意和我约会，说明她要求低，而我不可能和标准这么低的人约会。"

网友提问：我长得不好看又没钱，学历也不高，怎样才能和美女合为一体呢？

神回复：器官捐赠。

老婆很开心地对老公说："亲爱的，我有个很好的想法。"

老公脑海里自动浮现的："亲爱的，我有个昂贵的想法。"

网友提问：女朋友打电话时你干过最疯狂的事情是什么？

神回复：不接。

一对男女相亲后互加了微信，男生忍不住问："为什么你的朋友圈仅3天可见？"

女生："照片太多。"

男生："什么意思？"

女生："我不能保证每张照片都P得一样。"

网友提问：喜欢上一个女人时，是不是会有一种浑身酥酥麻麻的感觉？

神回复：那是你的理性和常识在离开你的身体。

学校开大会，校长说了早恋的种种危害，特意指出会影响成绩。这时，一个学霸突然站起来说："我就早恋了，但是我成绩一直都在前十！"

校长缓缓地说："那是因为你不够爱她！"

老张冲着电视大叫："千万不要说我愿意啊！"他的老婆走进房间，问他在看什么这么激动。老张眼角含泪地回答："我们的结婚录像。"

网友提问：女友突然发消息"我觉得自己好丑怎么办"，该怎么回复呢？

神回复：宝宝说得都对。

妈妈恨铁不成钢地教育儿子：“别人玩手机，能找到对象，你玩手机呢？”

儿子：“能玩到半夜。”

网友提问：你和女朋友拍照的时候，她对照片的拍摄有什么建设性的指导?

神回复：要有不经意间拍到的感觉，懂吗?

女：“以前我是没有择偶标准，直到遇见你，我告诉自己……”

男：“告诉自己什么？接着说啊。”

女：“……像你这样的肯定不行。”

网友提问：和女友吵架怎么才能赢呢?

神回复：和女友吵架就像是读用户协议，要么全程无视直接点击“我同意”，要么放弃退出。没有什么赢不赢的。

一对夫妻逛街，妻子看上了一双鞋，撒娇道：“老公，我的鞋都穿好几年了，款式都旧了，还有点挤脚，逛街磨得我脚都疼啦！”

丈夫微微一笑，说道：“那以后我们不逛街了吧。”

天蝎和双鱼吵架，两人互删，一直不说话，冷战了两个月。双鱼以为这段感情已经结束，找了新男友。3 年后准备结婚的前一晚，收到了天蝎一条短信：“知道错了不？”

网友提问：爱上二次元妹子真的有错吗？

神回复：没有错，因为那意味着你的基因不会被传下去，这显然是好事。

休息天，妈妈忙着做家务。爸爸对小明说："别光打游戏，去帮帮你妈。"

小明："你也在打游戏，怎么不去帮帮你老婆？"

夜店里，一男子向一个妹子搭讪："有没有人跟你说过你长得像刘亦菲？"

妹子："嘻嘻，没有耶。"

男子："当然没有，因为你根本不像。"

男："唉，这些女人身上，没有一个拥有我想要寻找的特质。"

女："那么，你想要找的特质究竟是什么呢？"

男："择偶标准低。"

一男生发帖：没有女朋友，孤独的我想自杀。

女评论：没有男朋友，我也好孤独，空虚寂寞冷。

男回复：你可以自己去开个帖子。

听说室友找了新女朋友，小明问："你的新女友几岁啊？"

室友："她已经 48 岁了。"

小明："啊哈哈哈！ 那都足够当你妈了吧！"

室友："是啊，不过她并不是我妈，而是你妈。"

网友提问：为什么男人向女人求婚时，总是单膝跪地呢？

神回复：因为双膝跪地是用来求她离婚的啊。

和女朋友分手后，小明在家里愁眉不展。父亲拍拍他的肩膀，安慰他说："这种事不值得难过啦。你想想，你连自己的头发都留不住，又怎么留得住你的爱人？"

网友提问：你身边或自己有没有过因为一些奇奇怪怪的小事就分手的经历？

神回复：我刚分手，因为对象给我取消了置顶。

女友看电视，男友在她旁边说："其实，我觉得现在看一点更加成人的内容，也没关系吧。"她说："是吗，为什么？你是不是起色心了哦？"男友说："也不是啦，只是不想再看《熊出没》而已。"

多年后的同学会上，酒过三巡，他对当年暗恋的同学说："你知道为什么以前每次下课，我总是找你问问题吗？"大伙儿哄堂大笑，等着看她脸红。她平淡地看了他一眼，抿了抿嘴道："那你想过没有，为什么我总是会在座位上，而不出去玩呢？"

朋友："你今晚喝酒了吗？"

司机："没有。"

朋友："那你为什么给你前任发消息？"

丈夫刚接到电话，老婆说她今晚在她闺蜜家睡。

丈夫挂掉电话，深吸一口烟，对躺在身边的女人说："看看，你的好姐妹简直是个撒谎精！"

小明最近在尝试一些新的搭讪话术，但不管对女生们怎么说，她们都是同一个答复："你再不滚开我就报警了！"

老婆对老公喊："你说爱我纯粹只是因为我爸留给了我 5000 万！"

老公连忙分辩："不是这样的，不管是谁留给你这么多钱我都会一样爱你的！"

一只单身狗去酒吧，看到一位美女，想跟她搭讪又不好意思，于是递给她一张纸条，上面习惯性地写着：在吗?

网友提问：说一个你知道的比较强悍的逻辑?

神回复：目前算是单方面女友吧，我这边已经同意了，她还不认识我。

老公隔着门对外面喊："谢谢你买了这么多吃的！放在门口就行！"

老婆生气地大吼道："你让我进去行不行？！"

丈夫告诉老婆，她早晨时的样子真是惨不忍睹。她："哎，真的吗？可是你以前还说过我早上最好看……"丈夫："是啊，没错啊。"

网友提问：请问是不是眉毛粗一点更加男人？怎样才算是理想的眉毛呢？

神回复：不去想那么多眉毛的事比较男人。

老婆在垃圾箱里找到了婚礼时的录像，她愤怒地把碟片往丈夫面前一丢，问：“你倒是解释解释，这是什么东西？！”丈夫说：“一部讲述了一名年轻男人怎样签下契约而毁掉了自己一生的纪录片。”

网友提问：想了解一些关于成人话题的粗暴话，越羞辱对方越好。

神回复：可以使用下列短语“你工资多少？你有房吗？你车呢？你户口哪里的？你咋这么胖？该减肥了。”

网友提问：花木兰从军12年，就睡在男人中间，为何军营没人发现她是女生？

神回复：我要是睡花木兰边上，我也不举报她。

某M：“您好，我是个M，请问您可以做我主人吗？我喜欢在别人脚下卑微地伺候，让别人高高在上感觉很舒服很放松，根本不用考虑我的感受。”

网友：“那你去上班不就行了吗？”

老公对老婆吼道：“你这车开得太恐怖了！”她不服气地说：“你说得太夸张了！也没有差到那种程度啊！”老公摇了摇头，深吸一口气，打开车门，游了上去。

小丹打了个双黄蛋，激动地跟爸妈说：“你们看！是不是寓意着我今年能找到对象？”爸爸说：“也有可能寓意着你今年得黄两个……”

一男子跟朋友炫耀说，我昨晚拿到一位美女的电话号码。朋友：“厉害啊！怎么做到的？”“在酒吧里她告诉一个男的，我在旁边就记下来了！”

网友提问：人的运势可以后天通过佩戴物品改变吗？

神回复：应该可以，本来我桃花运很差，没有妹子搭理我，后来我表哥借给我百达翡丽戴，这种情况就改善了不少。

结婚纪念日，老婆和老公外出就餐。老婆质问道：“哎呀！你怎么可以挖了鼻屎就抹在桌子下面呢？！”老公反问：“呃……你怎么知道？”老婆：“这张是玻璃桌……”

小风在夜店遇见一个身材巨好的妹子。一来二去，她用诱惑的声音向小风呢喃：“想不想带我去个安静点的地方啊？”半小时后，小风独自坐在图书馆，不知道自己究竟哪里做错了。

丈夫接到一个陌生来电：“听好了，你老婆现在在我们手里，给你两个选择：50 万，或者你就再也别想见到她！”

丈夫：“哦哦，那我要 50 万吧。”

小王是妻管严，同事就逗他："你老婆是不是从来没对你说过'对不起'？"小王："怎么可能，她今天早上还跟我说过'那就对不起咯！'"说着揉了揉自己微微红肿的脸。

网友提问：会弹吉他的男孩子哪里找呀？

神回复：我就是，怎么了？木吉他 120 一节课，架子鼓 120 一节课，电吉他 160 一节课，咨询乐器购买请私信。

女："你为什么给我 5 年前的自拍点赞？是不是有什么疾病？"

男："我只是觉得你 5 年前比较好看而已。"

开婚纱店的老板娘分享：那么多来试婚纱的姑娘，打开帘子的那一刻，没有一个男生会惊喜地发出"哇"的声音。

神回复："哇"的话，不好讲价。

老婆回家后神神秘秘地对老公说："嘿嘿，今天赚啦，在出租车上捡条裤子，试了试特别合适，就像专门买的一样。"老公挺高兴，第二天跟同事们讲这件事，一个女同事幽幽地说："我买了比较贵的衣服也这样跟老公说……"

网友提问：女朋友生气无理取闹怎么办？

神回复：拿一个杯子狠狠摔到地上，看看能不能镇住她，要是镇住了，完事。要是没镇住，顺势往那玻璃碴子上一跪，完事。

一对夫妻气急败坏地赶到航空公司柜台办理登机手续，因为机位不多，他俩不能挨着坐。男的怒道：“我们是夫妻，为什么不能坐在一起？”服务员：“先生，我们处理的是机位，不是床位！”

男子对朋友说：“昨天我和老婆打完架之后，老婆跪在我的面前。”

朋友惊讶地说：“哎呀！你真了不起。你老婆跪着时对你说什么？”

男子：“她说‘你给我从床底下滚出来！’”

A：“刘大姐跟她老公分手了！”

B：“为什么呢？”

A：“她问她老公要 1000 块钱去做美容！”

B：“然后呢？”

A：“她老公给了她 10000 块！”

异地恋人，男孩说还有 81 天就回来了，并给女朋友买了 81 种零食，说：“你每天吃一个，吃完了我就回来了。”后来，男孩为了给女孩一个惊喜，第三天就回来了，女孩哭着说：“你果然没有骗我，我刚吃完你就回来了。”

机场里一个姑娘对着登机口跪地大哭：“你为了国外的生活，就可以这么抛弃我吗？”

一名工作人员走过来扶起姑娘，帮她拍掉身上的尘土：“对不起，姑娘，这是国内航班，你哭错口了。”

A："说出一项你的特异功能？"

B："一表白就可以收到拒绝！"

A："嗨！你知道吗？我注意你很久了。"

B："那你注意到我上周新交了男朋友吗？"

女："你谈过几次恋爱？"男："暗恋算吗？"女："暗恋只能算半次。"男："那我谈过 3.5 次。"女："还不错啊，看不出你还和 3 个女孩交往过。"男："不，我暗恋过 7 次。"

女："你什么工作呢？"男："世界 500 强大型外企工作，单位配车，负责与客户洽谈后期交易业务。"女："具体点儿呢？"男："KFC 送外卖。"

同学 A："大学的女生就像化学元素。大一是金，大二是银，大三是铜，大四是铁。"同学 B："很好啊，越来越活泼。"同学 A："活泼的结果是氧化变黑。"

男："嫁给我吧！"女："你说我们结婚会幸福吗？"男："当然啦。"女："你怎么知道？"男："你这么爷们儿，就算爱情不行，友谊也能地久天长。"

老公："如果我们家里所有东西，都变成妖怪，你觉得最恐怖的是什么？"老婆："是水桶。"老公："为什么啊？"老婆："因为'水桶妖'真的很恐怖啊！"

母亲："她为什么喜欢你？"儿子："她认为我英俊、能干、聪明、风趣……"母亲："那你为什么喜欢她呢？"儿子："我就是喜欢她认为我英俊、能干、聪明、风趣……"

小明到一家小面馆吃饭，看到一位漂亮的女孩坐在那里，让他怦然心动。小明鼓起勇气走上前跟女孩搭讪："你好，你叫什么？"女孩头也不抬地说："牛肉面，快一点！"

网友提问：如何在不吵醒对方的情况下确定对方已经睡着？

神回复：轻轻地说"我看一下你手机哦"。

男："我想交女朋友了。"女："那你有喜欢的人吗？"男："有，她正在和我聊天。"女："哦，那你聊吧，我先睡了。"

男："520 我打算送你一个礼物。"

女："你要送我什么礼物啊？"男："我送你离开。"

女友回到家，神气地说："看，我从美容院回来啦！"

男友关切地问："发生什么了？那里没开门吗？"

网友提问：我的保姆非常好，我应该给她买一辆什么车呢？

神回复：那要看她和你老公的关系有多好了！

女："如果家里发生火灾，我和我妈都困在里面，你会先救谁？"男："我会先救火。"

第三章　职场奇葩

一男子应聘程序员，HR 一上来就问：“有对象吗？”

程序员：“分了！”

HR：“为什么？”

程序员：“因为她影响我编程！”

HR：“明天来上班！”

昨天在路边看到一女生打电话，边哭边骂：“你是个骗子，你根本一点都不爱我！”然后又听到撕心裂肺的一句：“你和我在一起就是为了让我给你做 ppt！”

公司安排体检，A 临时有些私事便让同事帮请假，回来之后被老板骂了一顿，就去问他：“你帮我请假怎么说的？”同事回答：“我跟老板说你身体不舒服，不能去医院体检。”

HR：“请诚实地回答：你因为穷做过什么违心的事？”

“上班。”

网友提问：哪一个瞬间你觉得自己应该离职了？

神回复：当然是身体原因了：

胃不好，饼太大，吃不下。

腰不好，锅太沉，背不动。

应聘者：“你好，关注贵公司很久了，市场总监的位置有空缺吗？”

HR：“不好意思，已经找到合适的人啦。”

应聘者：“好的，开除他，我更合适。”

新人：“前辈，请问你是如何成为 IT 大牛的？经理都对你这么客气！”

我：“记得初入公司时，写的代码乱七八糟，错误百出，bug 连连，不仅项目经理骂我，其他同事也对我怨声载道。后来听朋友介绍，就报了一个培训班。经过 1 个月的刻苦学习，终于功夫不负有心人——他们都骂不过我了。”

HR：“你抄过别人作业吗？”

我：“抄过。每次抄完了，我都很负责任地把作业里的错误告诉同学，并把我抄完的作业作为回报给他参考。工作后，我才知道，这种行为还有一个词叫：同行评审，英文是 peer review。”

同事 A：“上司要我们提供了生日信息，我估计是要根据星座来安排工作方向了，我是狮子座，你们觉得我会被安排干什么？”

同事 B：“在门口拿着一只球趴着。”

一位年轻无知的新女同事在工作时间涂指甲油。我提醒她："老板娘看到后会找你麻烦的。"

她说，"我的工资是全公司最低的，我必须做一切。她还想要怎么样？"

我很欣赏她的性格，所以轻声说："话虽如此，小心点，那个胖老巫婆喜怒无常，脾气也不好。"

她皱起眉头："别说我姑姑是个胖老巫婆。"

职员 A："我们组长认为我不喜欢和他说话。"

职员 B："是这样吗？"

职员 A："哪有！我背地里说了他好多坏话呢！"

今天去面试了。面试官递给了我一个笔记本电脑。

"来，试着把这个卖给我。"

于是我就把本本夹在腋下，走出大厦，骑着我的电动车回家去了。最后，他还是给我来电话了。

"马上把电脑送回来！"

"给我 2000 块，它就是你的了。"

"你们不要再打了，我全招！"

某公司老板奄奄一息地望着竞聘者们。

网友提问：如果给客户放 PPT 的时候突然蹦出来不雅图片，怎么办？

神回复：沉默半晌，然后问："大伙儿还困吗？——不困咱继续。"

同事A："突然中了5000万你会立刻离职吗？"

同事B："离职？为了那点工资还专门跑一趟？"

同事A："每天对着单位那群领导说话让我感到前途很渺茫……"

同事B："幸福吧你。因为对牛弹琴并不可怕，可怕的是一群牛每天对着你弹琴！"

公司裁员，3个被解雇的员工聚在公司门口交流各自被炒的原因。员工A："我反对996。"员工B："我支持996。"员工C："我提出来的996。"

老板："小刘啊，公司午休时间由原来的一个半小时改为一小时，你同意吗？"

小刘："我同意啊。"

老板："那公司从下周开始实行996你怎么看？"

我："我也同意啊。"

老板："竟然都同意，那你为什么还要辞职？"

我："因为新老板允许我不同意。"

食客："老板，你这早点怎么涨价了？"

老板："因为猪肉涨价了。"

食客："可你卖的这煎饼馃子里又没猪肉。"

老板："但我爱吃猪肉啊。"

一员工对老板说：“如果把每周三设置为额外的休息天，持续几个月你会发现，员工在工作日的效率会增加两倍！”老板：“万一效率并没有提高呢？”“那再改回来好了。”

HR 早上面试一个应届生，觉得能力很好准备收了，快结束的时候随口问了一句：“现在的工作是不是你理想的工作？”他回答：“我上班就是为了挣钱，不想谈理想，我的理想就是不上班！”

面试官：“你只要能解释什么叫作‘僵局’我就录取你。”

面试者：“你只要录取我，我就解释‘僵局’给你听。”

同事 A 吃着 B 拿来的饼干，惊呼：“这也太甜了吧！”B 微微一笑，说：“不，是我们的工作太苦。”

A：“我今天离职了，我真的无法为那样的男人工作，尤其是他对我说了那种话！”

B：“他说了什么？”

A：“他说你被解雇了。”

上班堵车，眼看要迟到，小贾赶紧打电话给老板：“不好意思啊，我已经在赶去公司的路上了。”老板安慰说：“没关系的，慢慢来，别开太快，被开除是小事，安全第一啊。”

员工：“老板，我要辞职，不想干了。”

老板：“辞职？辞职是你该说的话吗？”

员工：“老板的意思是要重用我？”

老板：“总经理、厂长、主管，才叫辞职！你只能说是辞工！”

小王今天到办公室后发现桌上有一个碗，以为是哪个同事放的，问了一圈都没人知道。后来有同事提醒他：“会不会是你经常迟到，领导用这种方式委婉地告诉你，来碗了。”

老板：“你应该在 8 点钟到这里。”

员工：“为什么，8 点发生了什么？”

网友提问：工作后感觉社会好复杂，怎么才能不被人利用呢？

神回复：只要你成为一个废物，就没人能够利用你。

小何找老板申请补休，进了办公室，刚好看到一同事说：“好的，明天我休。”小何连忙说：“明天我也想休！”老板一愣：“好吧，那明天你们一起，那马桶能修就修，不能修就换一个。”

公司的前台刚辞职完愁眉苦脸，让一老同事忍不住心生怜惜。正想安慰她，她轻轻地说：“不想回家继承家族产业，也不想插手老公的家族产业，想追求属于自己的梦想。”老同事：“再见！”

打工人的日常：嘴上：“好的。”心里：“一点也不好。”

小吴在大街上走着，突然一架 UFO 降落在马路中央，一个小绿人走了出来，对他说：“带我去见你的上级！”小吴说：“您这边请，别忘了带上光线枪。”

今天公司来了一个新人，高高帅帅的，他自我介绍道：“大家好，我姓高，因为我看上去圆圆的，所以大家都叫我高球。”

网友提问：怎样判断一个人是不是向生活低头了？

神回复：看他有没有给你发拼多多的链接。

网友提问：还有比 13 号星期五更恐怖的日子吗？

打工人：那应该就是 16 号星期一吧。

组长问：“主任跟经理同时掉到水里，你会先救哪个？”

组员：“小孩子才做选择，我都不救。”

女下属：“领导，我的子宫内膜正在进行系统升级。”

领导一愣：“说人话！”

女下属：“我大姨妈来了，请假！”

经理：“他们这个产品，连 PPT 都没出来就融了 4000 万。”

员工：“好牛。”

经理：“但现在第二轮卡住了。”

员工：“为什么？”

经理：“产品出来了。”

乾隆皇帝问刘罗锅："国库的钱都跑哪去了？" 刘罗锅说："掉河里了。"乾隆皇帝："你们怎么不捞起来？" 刘罗锅说："河深啊……"

秘书："大家在抗议，说加班时间太长了。"

老板："那这样吧，我们把正常上班时间延长一点，这样加班就可以少一点了。"

网友提问：如果只会换灯泡，在履历上该怎么写？

神回复：在没有造成任何成本超支以及安全事故的情况下，独立成功管理了环境照明系统的升级与安装。

网友提问：如何毁掉一个人的十一长假？

神回复：不着急要，10 月 8 号早上给我就行。

青年问禅师："我是搞 IT 的，每天压力很大，吃不好，睡不香，不能顾家，还挣不到多少钱。我该怎么办？"

禅师右手捂着左胸，不语。

青年追问道："您是说不要抱怨，只要问心无愧，对得起心中的梦想，对吗？"

禅师摇摇头："我出家前就是搞 IT 的，今天又听你说这些，心里堵得慌！"

同事："你现在好像没什么要好的朋友？"

小明："有啊，有两个好朋友，一个天天见，另一个每月见一次，很依赖他们。"

同事："怎么可能天天见面？ 是同事还是邻居？"

小明："一个是可乐，一个是工资。"

小吴："今天有点事没去上班，要扣奖金了，好郁闷。"

小爱："你要这样想：我不是被扣钱，我是买了休假。"

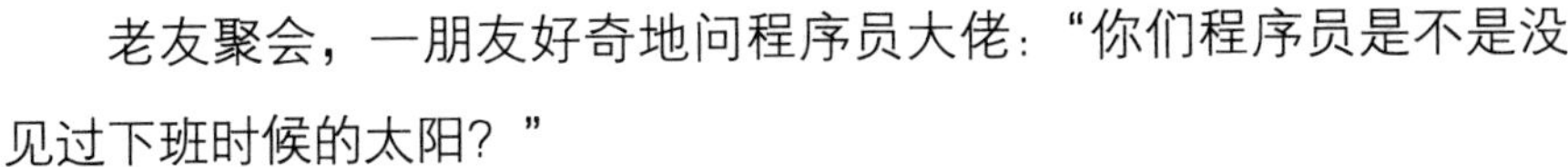

老友聚会，一朋友好奇地问程序员大佬："你们程序员是不是没见过下班时候的太阳？"

程序员："也不是啦，夏天的时候还是能看到的。"

朋友："哦哦，夏天黑得比较晚。"

程序员："不是，是天亮得比较早。"

A："最快的超级计算机要花 1 万年解决的问题，量子计算机能在 200 秒内算完！"

B："就算如此，领导也会叫你用超级计算机验算 1 万年，看量子计算机到底算得对不对。"

领导找小可谈话，说小可准点上下班的行为非常不好。

小可反问道："那设置上下班时间干吗？"

领导冷笑："设置上下班时间就是为了让你加班啊！ 不然怎么知道你有没有努力！"

领导尝试 PUA 他的员工："你应该走出舒适区！"

员工："我这么努力考试、工作、赚钱就是要进入舒适区，为什么要走出去？"

同事 A 特别会骗小孩，有一天他打电话抓同事 B 来加班，同事 B 的儿子来接电话，说“我爸不在”。A 惊慌地说：“糟了，单位发了好多冰棒，你爸不来拿就化了！”10 分钟后，小孩押送着他爸来了……

网友提问：写字楼白领喝咖啡，跟过去烈日下地头干活的农民喝大茶缸子，有没有本质区别？

神回复：农民至少天黑之前能回家。

面试者往杯子里倒水，稍微倒出来了一些。面试官：“你有点紧张？”

面试者：“不，我只是永远都付出 110%。”

冬天，同事上班的路上狠狠摔了一跤。到公司后眉头紧锁，其他人问他：“摔得要紧吗，要不要去看看？”他说：“要紧倒是不要紧，我就是生气怎么没把我摔死呢，摔死就不用上班了。”

面试时 HR 问：“能否说一说你有什么长处？”

应聘者：“我是一个思想积极、乐观向上的人。”

HR：“哦？能否举个例子？”

应聘者：“当然可以。我什么时候开始上班？”

老板:“你能来公司一趟吗? 我知道今天是周六,但我需要你的帮忙。”

员工:“没问题,但是我这边交通有点拥堵,要晚一点才能到。”

老板:“太好了,你大概什么时候到? ”

员工:“周一。”

在某员工的葬礼上,老板庄严肃穆地把手放在棺材上,哭得很厉害:“你怎么可以这样? 我们最近很缺人手啊! ”

网友提问:主管突然跟我说,你知道人为什么喜欢狗吗? 因为狗听话。我该怎么接?

神回复:难怪老板会提拔你。

同事的微信签名写着“God is a girl”,大家问他怎么这么文艺?

他说:这叫“上天不公”!

网友提问:作为医生,你经历过令人印象深刻的病例有哪些?

神回复:找家属签字,在“与患者关系”那一栏填了“不错”。

新同事在公司自我介绍的“对工作的期待”一栏写:改变世界。

老同事们:“我们是加入了神盾局吗还是怎样? ”

HR:“忘记在大学里学到的一切。那些东西在这工作里起不到作用。”

应聘者："但是我从未上过大学。"

HR："哦，那么对不起。你没有资格在这里工作。"

领导："抱歉，你的职位已经被这边这台电脑给取代了，你平时做的所有事情这台电脑都已经在做了。"

职员："呵呵，可是你电源都还没接呢！"

小明在报纸上看到一则招聘启事，是这么写的：诚征会计师！35000 元—40000 元。于是他打电话过去说："答案是负 5000 元，不用谢！"

网友提问：男性的帅有用吗？

神回复：我们公司的保安分两种，一种叫保安，一种叫形象岗保安。形象岗保安比普通保安每个月工资高 1000 多，就因为他们比较帅。

某人去面试，问 HR，工资待遇怎么样？

HR："说实话，刚开始工作，工资是很低的，但你一定要坚持，慢慢地你就习惯了工资低。"

A："这是我一个朋友，他爸爸有一家上市公司。"

B："那他自己做什么呢？"

A："目前主要职责是做儿子。"

小东借了同事的电瓶车，结果路上骑一半就没电了，推过去办完事又推回来，累死了。回来问同事："你不知道你车没电了吗？"同事回答说："我知道，我怕说没电你不信，嫌我小气……"

一位程序员无意中救了一个妖怪，妖怪说可以满足他一个愿望，条件是：无论什么愿望，他的仇人都将得到他所得到东西的两倍。

程序员点点头说：我希望每天睡满 12 小时。

运营老大打电话复试求职小伙："请问方便面试吗？"

小伙："打错人了，不是我。"

运营老大找人事，人事找猎头，核对号码都没错。

猎头打电话过去问那小伙，小伙："刚刚就接到一个卖方便面的电话。"

老板把一名职员叫进办公室，说："我看你最近开团队会议的时候好像经常都在打瞌睡啊？你这段时间是不是睡眠不足？"

职员："是有点——最近开的会都好短的啊。"

HR："你的期望薪资是多少？"

应聘者："20000。"

HR："什么？"

应聘者："房租 8500，养了两只狗大概需要 5000 每个月。吃饭购物啥的都算上，一个月 20000 勉强够。"

主管在一对一面谈时问员工："这里有一支蜡烛，怎样可以让它更亮？"员工讲了很多想法，主管淡淡地说："你说的方法都不错，但我觉得有个更简单的方法——让它两头烧。"

HR："我们招聘人才不单纯看文凭、资历、职务、头衔。"

应聘者："还看能力和人品吗？"

HR："还看长相。"

朋友研究生毕业，找不到合适的工作，在家正发愁。小侄子走近说："叔叔，你去做个人流吧。"朋友惊问："为什么？"小侄子："广播上说今天做人流，明天就可以上班！"

新上任的领导规定，迟到要当着全办公室的人对他深鞠躬说："对不起，我来晚了。"某日，愤怒的大家约好一起迟到了5分钟，然后统一着装黑衣服，一脸凝重，在公司门口给等待的领导鞠躬说："领导，对不起，我们来晚了。"

"最近工作总是出错，丢死人了。"

"出了什么错？"

"不是说了吗，丢死人了。"殡仪馆保安小雷垂头丧气地说。

漂亮的女同事问阿飞："圣诞节那天有空吗？"

阿飞："有啊，有啊！"然后她就把她那天的班跟阿飞换了。

有一个人很笨，总找不到工作。一天他到肯德基面试。经理问："你有什么特长？"他说："我会唱歌。"于是清清嗓子唱道："更多选择更多欢笑尽在麦当劳……"

IT 男走进一家饭店，问老板：“你们需要客户端吗？”老板：“一般是伙计端，忙的时候才需要客户端。”

男子去公司面试，主管问：“你有组织能力吗？”男子：“有呀，我在我上个单位组织过罢工！”

武林盟主：“今天比武大会为避免出现伤亡，点到为止即可！下面开始点名，华山弟子！”

“到！”

“武当弟子！”

“到！”

……

武林盟主：“既然大家都到了，那就散会！”

三十出头时在职场上会被四五十岁的前辈说：“你要看远一点，充实自己的实力。”当时总觉得：“哎呀，这些话是能解决当下职场的问题吗？”再回头才能体会前辈们没说出口的话：“变强，远离这鬼地方。”

A：“趁早离开不发年终奖的公司吧，没前途的。”

B：“发年终奖的公司不要我这样的……”

单位一大龄剩女，最近在办公桌上放了个马的吉祥物，上面放着俩象，寓意“马上有对象”。领导路过，很惊讶地说：“咦，对象马上跑？”

今日听到的心酸对话：

新同事："你平常的休闲活动是什么？"老同事："加班。"

程序员："昨晚我做梦，梦到我死了。"同事："哦？是梦到自己获得解脱吗？"程序员："不是，是阎王爷要我给他的生死簿做个后台管理系统。"

全公司都在加班，而小明却到点就走。老板："你是不是不想干了？"

小明说："我是来送外卖的。"

组长："你在干什么？"

组员："我在冥想。"

组长："可是现在是上班时间。"

组员："所以我在冥想。"

网友提问：你的领导对你说过什么让你至今难以忘怀的话？

神回复：你们办公室怎么下班之后就没人了？

网友提问：给领导发文件，领导回复"收到，谢谢。"接下来回复什么比较好？

神回复：好好干。

HR："你好，你一天能上多少天班？"

应聘者："你好，我一天能上一天班。"

应聘者："底薪是多少？"

HR："看你能力怎么样。"

应聘者："那是多少？"

HR："2000—5000。能力强的可以自己开价。"

应聘者："5000。"

应聘者："你好，请问工作时间是多久？"

老板："从早到晚。"

HR："你好，你到面试地点了吗？"

应聘者："我到了，但是我不知道公司在哪栋。"

HR："我去接你。"

应聘者："好的，谢谢，我穿白色裙子，黑色内裤。"

HR："行，我到了你撩起来一下，我怕认错。"

员工："领导你看一下，方案A还是B？"

领导："好，方案C吧。"

同事A："我觉得上班还是挺好的。"

同事B："是挺好的。钱虽然没挣到，但也没白干，起码累着了。"

老板："怎么觉得你没睡醒就来上班了？"

员工："是没睡醒，睡醒来了不就迟到了吗。"

同事 A："我最近感觉气血不足，得去喝点中药调理一下。"

同事 B："我喝中药都没用，得喝农药。"

同事 A："我真的从来不在公司生气。"

同事 B："你还是比我大度。"

同事 A："因为我比较窝囊。"

乙方："黄总，这 27000 是什么？"

黄总："是的。"

乙方："所以是什么？？？？"（已疯）

领导："今天为什么迟到？"

员工："堵车。"

领导："是我的错吗？"

员工："放心，我不怪你。"

领导："你怎么每天都到点下班？"

员工："不到点下班不就是早退吗？"

领导："公司明天聚餐，你没问题吧？"

员工："算命的说我明天不能去人多的地方，再见。"

应聘者："你好，请问还招暑假兼职吗？"

HR："你要工资吗？"

应聘者：？？？？？

HR：“你好，请问找到工作了吗？方便面谈吗？”

应聘者：“谈什么谈？你一个招聘的让我谈就谈？我一个硕士你拿几千块工资跟我谈什么？”

HR：“学信网已查，大专，非全日制。”

应聘者：“居然没唬住你，ok，等我去面试！”

老板：“我这里就需要你这样的人才！”

应聘者：“你怎么知道我是人才？”

老板：“你刚才自己介绍的啊！”

应聘者：“稍等，我看下聊天记录。哇噻，我真的是人才！”

老板：“你就天天坐着等业绩吗？”

员工：“没有！老板！有时候也站着！”

老板：“你真是笨死了！”

员工：“笑话，聪明是另外的价钱！”

老板：“你们要把公司当家一样！”

员工：“好了，那你出去，这是我家！”

小明上班第一天用微波炉加热午饭，但一直热不好。一老同事看到后说：“以前都好好的，怎么你一用就坏了！”小明反驳道：“看来这老员工就知道欺负新人呐！”

下午6点，领导走进了办公室，说："留在办公室里的人稍等，一会儿开个会。"

话音未落，小明突然冲出了办公室。

领导急忙喊住他："留在办公室的人开会！没听到吗！"

小明："我现在已经在办公室之外了！！！"

应聘者："你好，请问是双休吗？"

HR："可以双休。双休工资3500，单休工资4300。"

应聘者："那我能不能只上周六，给我1200？"

HR："你好，看了你的简历，可以进一步沟通吗？"

应聘者："对不起，我不是很符合贵公司的要求。"

HR："我看了你的简历，很符合啊！"

应聘者："现在是晚上11:35，你还在加班，我接受不了！"

HR："再说就哭了……"

A："你知道如何让一个人快速找回自信吗？"

B："怎么做？"

A："让他去上班。不超过一个月，他就会从'这真是我能找到的工作吗？'变成'这破工作我来都是给他脸了！'"

同事A："我觉得我们公司磁场有问题。"

同事B："为什么这么说？"

同事A："我一到公司，就四肢无力，烦躁不安，头昏脑涨；一下班就神清气爽！"

一日，公司正在开会，老板突然大声喊道："我是个菠萝！"狗腿子不明所以，但害怕不能跟上领导的步伐，马上喊道："我是个榴莲！"老板看了他一眼，继续说道："希望你们能是我的千里马！"

今天，一位女同事对小明说："我以前一直感觉长得帅的没钱，有钱的长得丑，我今天终于发现你两者兼备，我好羡慕你啊。"

小明淡淡一笑，正准备潇洒地摆个造型。

随后她说："原来没钱的也可以长得那么丑啊。"

领导："知道我为什么生气吗？"

00 后员工："知道，因为你把个人情绪带到工作中来了！"

同事 A："每天坐在办公室里辜负春光，我真该死啊！"

同事 B："不坐在办公室里，你就要穷死。"

员工："领导，这周部门会议什么时候开？"

领导："我昨晚发烧到 40 度，请假了。"

员工："那你现在好点了吗？"

领导："还行。"

员工："那我们什么时候开会？"

上班第一天，领导歪着头看了一眼小明的电脑屏幕，问道："哇，你用的什么牌子的防窥膜？一点都看不到！"

小明："我还没开机……"

网友提问：大家来说说参加完公务员考试的感受?

神回复：我特别快乐，我写了800多字的莱康村同志才发现它是个村。

同事叫小明帮忙，并承诺请吃饭，小明："那你可带我好好吃一顿！"同事说："好，明天自带一包榨菜到饭堂一楼，我请你吃饭，饭随便加。"

某职员上班迟到了，经理问他为什么迟到，他说："今天早晨刷牙的时候，一着急，不小心把牙膏挤出了40多公分长，等我把它慢慢再缩回去，就费了一个多小时！"

公司新来的秘书做事特别细致认真。

第一天上班，他打扫一个鸟笼用了一个小时，清洗一个鱼缸用了两个小时。

然后，他问老板："还有什么事要做？"

老板说："你带乌龟散散步去吧！"

有一位毕业生，刚毕业就去上海找工作进行面试，第一轮面试官用英语提问。

毕业生羞涩地说："我刚到上海，还不是很熟悉上海话，麻烦您用下普通话可以吗？"

同事问小王："你怎么老喜欢自言自语啊！是不是最近压力太大啊！"

小王说："没有，最近丈母娘来了，在家里没有发言权，我就想上班补回点发言权吧！"

上班时间，小范和小孙溜到楼下的健身中心去游泳。两人跳下泳池，一露头，迎面碰见领导站在池中。

领导抢先说："组织上派我来查岗，看看谁在上班期间溜出来游泳！"

小范连忙接话："您也领到这任务了？我还以为就我一个呢。"

剩下的小孙傻了，良久，他泪流满面地说道："我都义务查岗很多年了，今天总算找到组织了。"

今天开会，销售副总训诫一名年轻同事："我走过的桥比你走过的路还多。"

另一个副总嘀咕了一句："那是你经常在西直门桥上迷路，绕得多。"

管理员A："老板说了，那个贼再来仓库偷东西，我们就做掉他。"

管理员B："啊？我不敢……"

管理员A："为什么？"

管理员B："我做贼心虚。"

送了一年多的快递，阿龙终于坐上了经理的位子。记得经理是这么说的："阿龙啊，把我这个破椅子拿去坐吧，我换了个沙发。"

一员工周一上班迟到了一个多小时，被领导给抓了个正着。

领导："怎么回事？周一就迟到？"

员工："手机欠费了，闹钟没响。"

领导："下次要注意啊，特别是月初的时候。"

小华昨晚脖子睡落枕了，早上因为急着去上班拧着脖子就走了。

正赶上老总开会，"有些同志态度不端正，整天仰着头，好像谁都不服，我说过，一定要谦虚……那个谁，你这周加班，磨你的锐气……"老总指着小华说道。

昨天晚上老板请吃饭，点的菜挺多，大家都吃饱了。最后剩了一碗米饭，就让新员工把那吃了。那货悠悠地来了一句："撑死算工伤吗？"

同事有点驼背，小鹏冲着他的背猛拍一下，喊道："罗锅！！！"

"那还不是因为和你这样的矮子讲话讲得太多了。"同事悠悠地转过来说。

第四章　清醒日常

网友提问：如何看待“当你买 iPhone 4 的时候，他买了冰箱”？

神回复：这暗示了，在你连 iPhone 都买不起的时候，他就买了房子。

孩子：“为什么我做错事大人可以打我，大人错了我不能打他们？”

家长：“因为打不过，等你打得过了，大人就会跟你开始讲道理了。”

友：“你觉得刚才的电影怎么样？”

我：“影厅座位有 17 排，每排 32 个座位，天花板上共有 48 盏灯，荧幕的左下角有个黑点总是出现，频率大概是 1 分 20 秒一次。”

网友提问：有什么广告语“扎”到了你？

神回复：垃圾分类，从我做起。

网友提问：历史上有哪些有名的“洗脑名句”？

神回复：对于所有中国人来说，有一个“四字魔咒”是永远绕不开的。只要有人对你说出这 4 个字，你就能中邪般地买票去最坑爹的景点、玩命爬上最艰险的山峰、吃下最难吃的餐馆饭菜。这 4 个字就是：来都来了。

网友求助：面试的时候被人问到为什么你没有去清华大学，你该怎么回答？

神回复：去了，但保安不让进。

问：为什么我的脸这么大？

神回复：因为你是被父母辛辛苦苦拉扯大的。

大师：吃得苦中苦，方为人上人。

神回复：吃什么补什么。

小学生 A：“好想进入武侠时代，感受什么叫杀气！”

同桌：“你妈叫你全名就可以了。”

记者：“老人家，这么大岁数就不要抽烟啦！饮食一定要清淡，适当锻炼身体！这样才能活得更久！您今年多大啦？”

老人：“99。”

记者：“哇，那您长寿的秘诀是什么呢？”

老人：“少管闲事。”

大姨给我介绍了个女孩子，见面之后我很满意，大姨却说女孩子配不上我，不用再联系了，我急了：

“我感觉她很好，萝卜青菜各有所爱，您不能替我做决定！”

大姨：“非得让我说她没看上你才开心？”

我与朋友激动地分享我的伟大发现：“我一个月挣 3000 工资，我花 2000 找人替我上班，一个月岂不是白赚 1000？我找 10 份工作，岂不是一个月赚 1 万？”

朋友回复：“恭喜你！发明了新型用工形式！”

我在火车上问乘务员：“我要一瓶可乐，多少钱？”

乘务员：“10 块。”

我：“多大一瓶的？”

乘务员：“就是外面 3 块钱一瓶的那种。”

网友提问：你小时候抓周抓了什么？

神回复：轮胎。当时大家都以为我会成为赛车手，结果我现在在当备胎。

再次失恋后找闺蜜诉苦：

“我现在想随便找个人嫁了，是不是太悲观了？”

闺蜜：“随便就有人娶你？还是太乐观了。”

一天吃饭时候，我妈突然对我说：“儿子，我今天帮你拿了块地。”

我大惊，难道，我想的都是真的?

“我就知道！我们家其实是隐形富豪！之前爸妈都是在磨砺我！”

我强装镇静，问道：“哦。哪块地？”

“韵达快递。”

明天我面试，老婆在我出门前贴心地和我说：

“老公，今天要记得加油哦。”

我心头一暖，发誓一定要好好努力。

然后走到半路发现汽车没油了。

福尔摩斯和他的助手一天晚上在山坡上搭起帐篷露营，睡到半夜，福尔摩斯推醒旁边的助手，指着满天的繁星问道：“看到这么多星星你想到了什么？”

助手沉思了半晌，说道：“天空真是无边无际，每颗星星都相当于一个太阳，而我们居住的地球在太阳系里只是很小的一颗行星，我们人类又是显得多么渺小啊！”

“你这个笨蛋，我们的帐篷被偷了！！！”福尔摩斯怒道。

网友提问：矮是什么感觉?

神回复：所有人见了我都抬不起头。

卖火柴的小女孩在寒风中苦苦哀求着她的客人：“先生，求求您用一用我的火柴，然后买一盒回去吧！”“你是不是

有病啊，能不能滚远点？”

周围的好心人看到这一幕再也看不下去了，于是他们走过去合力将小女孩赶出了加油站。

甲：“怎样才能长寿？”

乙：“戒酒。”

甲：“我不喝酒。”

乙：“戒色。”

甲：“我不讨女人喜欢。”

乙：“素食。”

甲：“我不吃肉！”

乙：“那你干嘛想长寿？”

网友提问：有什么赞扬让你比较尴尬？

神回复：哎呀，这位小伙子，人不可貌相啊！

医生：“你知道长时间吃油炸食品，身体会出现什么变化吗？”

患者：“身体有什么变化我不清楚，但我知道脸上会出现什么。”

医生：“会出现什么？”

患者：“笑容。”

朋友：“你吃两块巧克力威化，这一天的运动就等于白做了，你知道不知道？”

我：“我知道啊。”

朋友：“那你还吃？”

我：“可我今天没做运动啊。”

网友提问：古代的女子会吟诗，现代的女子会什么?

神回复：现代的女子会作对。

网友提问：为什么在洗完澡洗完头之后，一些人会觉得自己变帅/变漂亮了许多?

神回复：脑子进水了。

今天看到朋友个性签名：need just word，word has word。不懂，于是谦虚请教。

她给了我神一般的回复：你的就是我的，我的还是我的。

小明在英文课上，他问老师："May I go to the toilet？"老师说："Go ahead！"

小明坐了下来。过了一会儿，小明对老师说，"我可以去厕所吗？"

老师说："Go ahead！"

小明又坐了下来。他旁边的同学忍不住问："你告诉老师去厕所，为什么不去呢？"

小明说："你没听老师说，去你个大头！"

小公鸡："爸爸，为什么我们有鸡冠？"

爸爸："这是为了向敌人展示我们的威严。"

儿子："那为什么我们的嘴是尖的？"

爸爸："这是攻击敌人的武器！"

儿子："那为什么我们的声音这么高？"

爸爸："那是要用声音压制敌人。"

儿子：“但是，爸爸……”

爸爸：“你还有什么问题？”

儿子：“我们这么厉害，但是，我们还待在养鸡场干吗呢？”

导师：“你这篇文章太水了。”

学生：“但我这是研究人体组成的论文呀！”

妈妈：“女儿，你没事吧？”

女儿：“我挺好的呀，妈妈，怎么了？”

妈妈：“没事就好，我收到一条短信，说你被车撞了，让我转住院费过去。”

女儿：“这一看就是骗子，还好妈妈聪明，知道问问我，刚收到吗？”

妈妈：“没，上周收到的，忘了问你了。”

上大学之后，我的生活费每个月只有 200，但我深知爸妈赚钱不容易，也没有资格要求什么，但实在是太饿了，终于鼓起勇气向妈妈开口：“妈妈，一个月 200 真的吃不饱啊！”

妈妈：“什么？200？我每个月让你爸给你 2000！”

网友提问：有没有一瞬间能回到小时候的一句话？

神回复：咱俩不和他一帮。

网友提问：古代谋士为什么有上中下三策，而君主却不选上策？

神回复：现我有三策，请诸公静听。努力工作，结交人脉，读书习文，建立社交圈，充实自己，待时机成熟便自主创业，此为上策；

好好工作，升职加薪，迎娶白富美，走向人生巅峰，此为中策；浑水摸鱼，得过且过，饿不死人就行，此为下策。三策在此，诸公且说，选何策为妙?

儿子："妈，我回来了，今年又没赚到钱，我一无所有……"

妈妈："孩子，你并不是一无所有，你还有脸回家。"

"没有一片雪花是无辜的！"

老王指着没信号的电视机说道。

网友求助：大圆脸是什么样的一种体验?

神回复：有一种被岁月磨平了棱角的感觉。

甲："如果出了严重的车祸，只剩一口气，濒死前你拿起手机，会打给你的母亲还是你的老婆？"

乙："先把里面的照片和短信删了。"

友："你是从哪个细节发现女朋友出轨的？"

我："那天回家，她一抖被子，说给我表演一个大变活人。"

记者："同龄人中不少人结婚生子了，对你有什么影响吗？"

我："对我没啥影响，对我妈影响比较大。"

网友求助：分手 100 天了，还没有走出来怎么办?

神回复：替换文件永远比删除文件更彻底。

A："据说，当你取钱取到了连号的新钱，就说明物价要涨了。"

B："有道理！当爱瞎聊的同桌忽然正襟危坐，就说明班主任在窗外偷窥了；当吃完饭所有人都不说话，就说明该结账了；当中了 500 万彩票，说明梦快醒了；当你觉得你喜欢的人也喜欢你，就说明你想多了！"

乘客："我是一个习惯漂泊的浪子，一直等待着一个能让我放下背包的人。我想，你就是那个我命中注定的人吧。"

安检员："少废话，大包小包过安检，赶紧的。"

大师：无论房子多大，车子多豪华，账户多有钱，我们的坟墓都是一样大的，所以，请保持谦卑。

神回复：那你解释一下金字塔。

老婆买了一只仓鼠和一个笼子。

老公："仓鼠和笼子多少钱？"

老婆："仓鼠 50 ，笼子 88。"

老公听后抱怨道："这笼子比仓鼠还贵啊？"

老婆："难道你认为你会比现在的房价高吗？"

网友提问：寂寞和孤独有什么区别？

神回复：寂寞是别人不想理你，孤独是你不想理别人。

网友求助：长得丑要怎样才能找到女朋友？

神回复：加强你的幽默感，因为科学证明人在大笑时容易闭上双眼，你越让她笑，她就越看不见你。

网友：我不知道我要怎么熬过没有你的夜晚，就像不知道向日葵是怎么熬过没有太阳的夜晚。

神回复：在太阳光下，向日葵叶片中的叶绿素 a 与 NADP+ 等物质将水分解成 NADPH 和氧气，然后二氧化碳以及 1.5- 二磷酸核酮糖在酶的作用下经过复杂过程变成 3- 磷酸甘油醛，3- 磷酸甘油醛在更复杂的作用下，接收 ATP 的能量又能变成 1.5- 二磷酸核酮糖，同时产生一些储存着太阳光中的能量的物质以备黑夜和未来使用。还有事吗？

网友提问：为什么秋千都是前后荡，没有左右荡？

神回复：你骑着它不就左右荡了吗！

网友提问：在对不起中间加哪两个字最心酸？

神回复：对，我买不起 。

网友提问：为什么大部分留学生都会认为留学的那几年是人生中最珍贵的几年？

神回复：因为真的挺贵的 。

网友提问：听说每个人平均每天摸 150 次手机，这是真的吗？

神回复：怎么可能？ 明明就一次，睡前放下，睡醒拿起。

网友提问：怎样看待优秀的人往往不合群这句话？

神回复：优秀的人不是不合群，而是他们合群的人里没有你 。

网友提问：聪明和睿智有什么不一样？

神回复：聪明是能够在跟老婆吵架的时候，瞬间看穿她逻辑论证上的矛盾和谬论，然后加以反击。睿智就是闭上嘴 。

网友提问：为什么求婚都是单膝跪地？

神回复 1：双膝跪地那是上坟！

神回复 2：因为大部分的求婚都是扯淡（蛋）！

神回复 3：因为另一个膝盖有伤 。

网友提问：你买过最贵的动漫周边是什么？

神回复：海尔冰箱！

楼主：现在出门的时间长短，完全由手机还剩多少电量决定。没电了就回家充电，感觉自己像个扫地机器人。

神回复：每次在插座边充电边玩就感觉像拴了条狗……

网友提问：你对现今高房价有什么看法？

神回复：太高了，看不清……

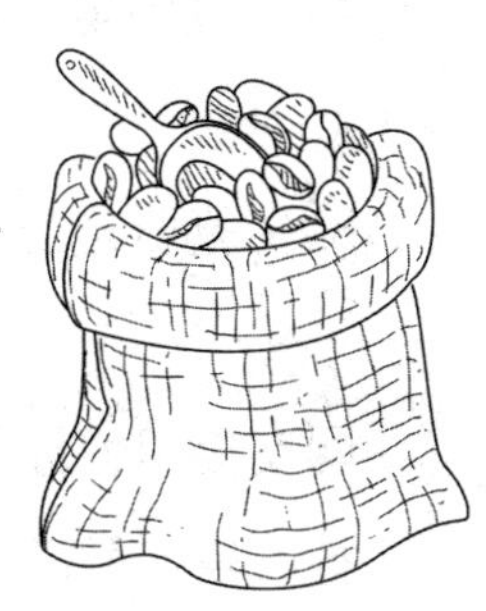

网友提问：一个背包，一台单反，一个诙谐博闻的旅伴，一张单程机票和一颗说走就走勇敢的心，一趟完美的旅行。你还缺什么？

神回复：缺钱。

一同学发说说：鸡蛋从外部打破是食物，从内部打破是生命！觉得好励志！

神回复：不好意思，从里面打破也是食物……

网友分享：长大成人以后，你就可以不受父母管制想去哪就去哪……

神回复：但我总是想回家。

警察："你为什么要印假币？"

嫌疑犯："因为真的造不出来。"

网友求助：适合程序员阅读的书籍有哪些推荐？实习出来以后，就感觉自己太缺乏书籍了，但又不知道看哪些？

神回复：《颈椎病的康复与预防》。

网友提问：说一句很有内涵的诗句。

神回复：一懒众衫小。

A："我问电风扇我丑么，然后电风扇摇了一夜的头，顿时感觉好多了。"

B："别听电风扇的，它都是吹的。"

网友提问：你临死的遗言会是什么？

神回复：能不能换个医生试试，我总感觉我能活。

网友提问：怎样含蓄地表达“我已经被收买了”？

神回复：我说句公道话……

网友分享：办公室是一个神奇的地方，手机、钱包、钥匙放在桌子上，一个星期也不会有人碰一下，但只要你的笔脱离视线一会儿，就会下落不明！

神回复：宿舍是一个神奇的地方，手机、钱包、钥匙放在桌子上，一个星期也不会有人碰一下，但只要你的零食放在桌子上，出去一会儿，就会下落不明。

弟弟：“老天呀！求你在我生日的那天赐我刚才想买的那件玩具吧！”

姐姐：“弟弟，不要太大声啊！老天又不是聋子。”

弟弟：“我怕妈妈听不清楚呀！”

老师问学生：“读书干什么？”

学生：“当老师。”

老师顿觉心情十分激动，顿时热泪盈眶，接着问：“当老师干什么？”

学生：“混口饭吃。”

网友提问：有哪些主角颜值低、穷、能力弱，配角颜值高、富、能力强的影视或游戏作品？

神回复：人生。

网友提问：人为什么活着？

神回复：来都来了。

网友提问：打鼾为什么吵不醒自己？

神回复：沉醉于自己的鼾声无法自拔！

网友提问：如何用一句话说明自己老了？

神回复：曾经我从家里偷偷溜出去参加聚会，现在我都是从聚会上偷偷溜出来回家！

网友提问：如何从睡觉看出贫富差距？

神回复："我上床睡觉了！""我回房间睡觉！""我上楼睡觉了！"

网友提问：哪个瞬间让你觉得自己真的很穷？

神回复：问了整栋宿舍楼，都没有借到诺基亚手机的充电器。

学生：我到底做错了什么，竟然上了这么一个烂大学！

辅导员：你做错了题。

网友提问：为什么人总会对失去的东西念念不忘？

神回复：人们并不是害怕失去，而是害怕失去以后没有更好的可以代替。

爸爸："马上放假了，我们一家人开车去郊游吧！"

孩子："爸爸，我们家有车吗？"

A："有本事跟我打一架啊！别在那只知道耍嘴皮子！"

B："我要是打得过你还用得着耍嘴皮子？"

网友提问：看到同学陆续结婚是什么感受？

神回复：如同考试看见了他们提前交卷。

网友提问：除了年纪，你觉得你还能凭借什么过六一儿童节？

神回复：身高。

小东："你知道吗，隔壁班的小华用一句话得罪了全班同学。"

小西："是什么？"

小东："老师，你忘记布置作业了。"

学生："老师，请问有没有什么比较荒诞的文学给我推荐一下？就是那种看起来讲话疯狂颠三倒四的，想到哪儿说到哪儿的文学，我太喜欢了。"

老师："当然有——你的论文！"

有个朋友借阿强钱一直不还，阿强心里很郁闷，就咨询同事：

“你身边有没有这样一个人，好几年都见不了一面，平常不打电话，一打电话就借钱，借了钱还不还！”同事：“有，我儿子！”

顾客：“你好，我这里能发货吗？”

客服：“不能和您说哦。”

顾客：“为什么不能和我说？”

客服：“不能发的话和你说！”

网友：其实牛顿只是幸运地发现万有引力定律，要是早生 300 年，我也可以！

神回复：的确是幸运儿，因为砸到他脑袋上的只是一个苹果……

老师：“人的生命只有一次，大家一定要珍惜！”

小明：“可是老师您说过，只有失去了才懂得珍惜……”

过年的时候，老妈买了一只鸡没来得及杀，放在卫生间。第二天，它竟然下了一个蛋！

妈妈高兴，不舍得杀了。老爸说：“看看，会送礼多重要啊，关键时刻总能多活几天！”

老妈：“你看见儿子发的朋友圈了吗？和一个女孩子的合照唉，还挺好看的。”

老爸：“什么？！为什么只屏蔽我没屏蔽你？”

香客：“大师，这世界上到底哪里有能够让我发光的舞台呢？”

大师：“嗯……跟我来吧。”

香客：“大师，您拿石头给我看是暗示我是颗原石，只要经过琢磨就大有可为吗？”

大师：“石头到哪里都不会发光的，明白吗？”

年轻人：“大师，我心情烦躁，静不下来，我觉得心堵很痛苦。”

禅师笑笑，抬手向南方一指，悠悠说道：“去南面看看大海吧。”

年轻人若有所思地问：“这是要我陶冶情操，感受海的博大胸怀吗？”

禅师摇摇头：“如果大海能够，带走你的矮丑（哀愁）。”

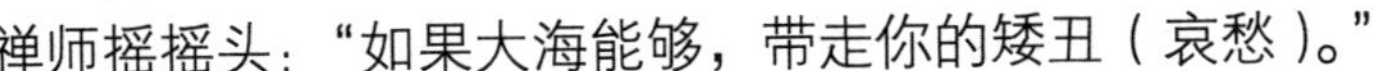

有一期记者采访贝爷的摄影师西蒙先生，问他，“你跟着贝尔录节目，在野外离死亡最近的一次是什么时候？”他想了一下回忆道：“有一次贝尔没找到吃的，对我说：‘该死，怎么找不到能吃的。’一边盯着我看！”

网友提问：家里有什么东西过了很多年以后发现没什么用？

神回复：我。

网友提问：怎样知道自己老了呢？

神回复：看超级英雄电影时，更关心影片中的财产损失而不是英雄们的壮举，就说明你变老了。

地球：你带来了麻疹。

人类：嗯哼。

地球：还导致 100 万种动物灭绝。

人类：嗯哼。

地球：还导致全球变暖、地表沙化。

人类：（耸耸肩）没错。

地球：（望着星空）我开始想念恐龙了。

某“知识付费”微信群里的对话：

群友 A：“为啥做得好的大佬从来都不在群里说话？”

群友 B：“你见过吃饭的人跟菜聊天吗？”

网友提问：什么东西小时候是处罚，长大是奖励？

神回复：睡觉。

室友观战群里吵架，有人发语音骂脏话。被骂的人说：“你有种再说一遍？！”手机前观战的室友自言自语：“你再听一遍不就好了嘛。”

网友提问：你有什么特别的能力吗？

神回复：有的。只要我把一件事想象得特别好，最后就一定会糟糕到无法收场。

青年：我想要很多很多钱。

禅师：只要你找到 7 个球，你的愿望就可能实现。

青年：您说的是七龙珠吗？

禅师：我说的是双色球。

两个朋友一起到广东旅游，A说："广东跟我想象中不一样啊！" B说："怎么了，不繁华吗？" A说："没人叫我靓仔。"

网友提问：有什么适合成年人发朋友圈的句子？

神回复：帮我儿子投一票，8号，谢谢大家了。

父亲对阿甘说："早晨起来，先把最不想做、最讨厌做的事情做掉，为你一天的计划安排开路。" 3个月后的一天，父亲早晨6点给阿甘打电话，祝他生日快乐。

在某短视频APP看狗狗，有个人发拉布拉多视频，标题：为什么这辈子一定要养一只拉布拉多？底下评论：因为你是卖拉布拉多的。

大学两个哥们儿为了考试作弊，苦学摩尔斯电码，终于小有所成。考试那天，他俩在考场用笔敲桌面互相交流，交流如下："第一题会吗？""不会，你会吗？""我也不会，第二题会吗？""不会，你会吗？""我也不会……"

网友分享："困难就像弹簧，你弱它就强。"

下面评论问："什么意思？那我应该强硬一点对吗？"

神回复："你强它更强。"

网友提问：上了大学真的就自由了吗？

神回复：确实是自由，但自由也没什么好处。当任课老师说"自由复习"的时候你就明白了。

儿子问妈妈：“我从哪里来的？”妈妈：“垃圾桶里捡的。”儿子：“那我属于干垃圾还是湿垃圾？”妈妈：“不给你辅导功课时你是可回收垃圾，辅导功课时你就是有害垃圾！”

妈妈今天接到一个绑架诈骗电话，听了一下说：“太贵了！”然后就挂掉了电话。

网友提问：什么叫舍近求远？

神回复：比如，人类更热衷于移居到另一个环境恶劣的星球，而不是好好保护地球。

网友提问：哪一瞬间让你真的感觉到科技改变生活？

神回复：朋友在美国撞邪，他妈妈帮他从国内找了道士，微信传给了他一张符做屏保。

网友提问：路由器在床的下面辐射会不会很大？

神回复：因人而异。受教育的程度越高，对人的身体影响越小。

儿子：“爸爸，为什么姐姐的名字是玫瑰？”

爸爸：“因为你妈妈最喜欢玫瑰。”

儿子：“原来如此，谢谢爸爸解答。”

爸爸：“不客气，效率Ⅴ耐久Ⅲ幸运Ⅲ钻石镐。”

大伯让小明去宰只鸭做下酒菜，小明逮了一只，放完血提着回屋里。

大伯：“你宰它时，它有叫唤吗？”

小明：“叫了两下。”

大伯：“知道它叫的是什么意思吗？”

小明：“这我哪知道啊。”

大伯：“它在说‘我是鹅！我是鹅！’”

数学老师上课的时候把手机放在讲台上，然后他正讲着题，他的siri突然说了一句：“我不知道你在说什么。”

网友提问：请说出你认为世界上最没用的一句话。

神回复：“你不要难过了”“你别生气了”“本人已阅读并同意以下条款”“今晚一定要早点睡”“多喝热水”“总会过去的”“飞机晚点我们深感抱歉”“你们不要再打了”“今天得减肥了”……

孩子：“爸爸不要去上班！”

爸爸：“那乐高不能给你买了，不工作没钱买啊。”

孩子：“爸爸，拜拜！”

某天，警方查获盗版商私自制作盗版光碟。警察：“你为什么要做盗版光碟，还自己做封面？”盗版商：“因为正版的封面设计太不吸引人了。”

孩子：“爸爸，为什么上次那个人来跟你讨钱，你跟他说没有钱还他，这次那个人又来跟你讨钱，你又说没有钱还他？”

爸爸：“哎呀，爸爸要守信用嘛！”

一男子向上帝祷告："如果用人类做实验，验证'金钱能否买来快乐'，我愿意做样本。"

上帝回应道："抱歉，这个实验已经在做了，你是对照组。"

女儿胆子小，每次睡觉前，都要求把夜灯一直亮着。父亲不耐烦了，威胁她道："你这是在给怪物们提供一个你所在位置的信号灯啊！动动脑子亲爱的！"

儿子："人做坏事就会下地狱，被恶魔折磨吗？"

爸爸："是的。"

儿子："如果恶魔专门折磨坏人，那他岂不就是好人吗？"

网友提问：你的亲生兄弟姐妹变成了超级坏蛋，而你是超级英雄。请问此时你该如何阻止 TA 呢？

神回复：向你妈告状。

网友提问：当你一个人无聊脑洞大开的时候，想得最多的是什么事？

神回复：想象自己是有钱人。

儿子："爸爸，动物们死了后会去哪里呢？"

爸爸："那就要看情况而定了。"

儿子："是看他们乖不乖吗？"

爸爸："不，是看他们好不好吃。"

妈妈："如果你晚上早点睡，白天也不至于哈欠连天。"

小明："如果你少说几句，爸爸也不会和你离婚。"

学霸指导小明说："其实不用老是趴在桌子前学习，那样效率未必高，你可以在坐交通工具、洗澡、睡觉前回想学过的内容，这样成绩就能上去了。"

小明："我试了一下，发现自己根本不记得学过了啥。"

A："买了个 iPhone，一顿饭钱没了。"

B："哪一顿？"

A："每一顿。"

父亲："18 岁生日快乐，儿子！这些礼物全都是给你的！"

儿子开心地拆开礼物箱，困惑地问："可是这些箱子都是空的啊。"

父亲："我知道。你已经成年了，现在把你的东西收拾好，给我快点滚出这个家。"

老师："你长大以后想要做什么？"

小明："我要快乐。"

老师：（打电话）"小明爸爸吗？我们得讨论一下你儿子不切实际的未来展望。"

A："我觉得我处在我人生的第八季。"

B：“什么意思？”

A：“编剧们只有制造出荒谬的东西才能保持它的趣味性。”

网友提问：十一长假快过完了，大家有什么玩下来觉得很赞的景点推荐吗？

神回复：王者峡谷。

妈妈：“你的卧室完全是一团糟！”

孩子：“那你应该来看看我的生活。”

儿子：“妈妈，‘An apple a day keeps doctor away’是什么意思？”

妈妈：“就是说，整天玩苹果手机的人是拿不到博士学位的。”

老师：“Find something you would die for, then live for it. 应该怎么翻译？”

小明：“找到一个作死的方法，然后开直播。”

A：“玛莎拉蒂我只买得起一半。”

B：“什么意思？”

A：“买得起沙拉。”

老师：“你有100元，请妈妈再给你50元，这样你总共有多少钱？”

小明：“0元。”

老师：“这是怎么算出来的？”

小明：“妈妈会说‘你要这么多钱干什么？这100我先给你存起来！’”

高中体育老师问大家：“你们觉得这个学校里最聪明的老师是谁？”学生们猜了化学老师、微积分老师、物理老师等等。他说：“都不是，是我。因为我和他们拿一样的工资但是我可以整天打球。”

孟菲斯：“如果你选择吃蓝色药片，你的股票下周会继续大跌。”尼欧：“那如果我选红色的呢？”孟菲斯：“还是会继续大跌，不过是草莓味的。”

网友提问：同样都是咸鱼，为什么别人可以翻身，而你却粘锅了？

神回复：因为没人给我加油。

小明跟妈妈聊天，说起专家理论“童年对孩子打骂起不到一点教育作用”，感慨自己小时候白挨打了。妈妈笑笑说：“没有白挨啊，每次打完之后我心情都好多了。”

网友提问：怎样让一个人崩溃？

神回复：把你手脚绑起来，摁在椅子上，再把你小学、初中、高中时在网上发表的东西一字一句、有感情地念给你听。

很久以前，一只狼向它的儿子说：“吃掉一个人，你可以得到一天的食物；呜咽、打滚、装死，他就会喂你一辈子。”

某情绪激动的网友发帖：母亲节，你真的关心妈妈吗？你只关心你自己！你怎么不问问睡着的妈妈吃不吃消夜？

神回复：我问了，她问我大半夜是不是找死。

奶奶有个本子，上面记着她亲朋好友同事的名字，谁去世了就在后面打个钩。爸爸说："你奶奶跟个死神似的。"

网友提问：为什么我从小拼命做题、长大拼命加班还是买不起房？

神回复：那可能是投胎的时候没拼命。

网友提问：你见过的最奇葩的淘宝评论是什么？

神回复：是帮朋友买的，她穿着特别难看，好评！

网友提问：如果一个人，哪都不想去，哪都不爱去，也不想和谁玩，看谁都烦是不是生病了？

神回复：没钱了。

孩子："爸爸，我是不是18岁就是成年人了？"

爸爸："是啊。"

孩子："那到时候，是不是就不用什么都先问妈妈了？"

爸爸："孩子，你太天真了，你爸都快40了也没那个权限……"

老师："上课点名是件非常没品位的事情。"

学生："老师万岁！"

老师："因此我决定改成签到！"

A："如果你中了500万，第一件事做什么？"

B："打电话借钱，把所有认识的亲戚朋友借个遍。"

A："高，实在是高。"

小丽："我真的撑不下去了……"她啜泣着把脸埋进了双手，小夏拍着她的肩膀鼓励她："你一定要撑下去啊！难道你忘了开始时我俩一起许下的誓言了吗？这可是300一个人的自助餐啊！"

小明的短信：爸，最近挺忙的吧？你和妈身体都还好吧？生意也还好吧？天气变冷了，记得多穿点衣服，多注意身体，注意休息。

爸爸的短信：已汇。

一游泳教练在商场里购物。一个漂亮的女士向他打招呼。他定睛一看，是他的一个学员，于是大声说道："你穿上衣服，还真认不出你！"

A："网游让我变得年轻多了！"B："怎么说？"A："在线上一起打副本时，很多队友都对我说，你是小学生吗？！"

一次小明去某古寺庙参观，票价48元，于是他掏出学生证，正觉得自己机智时，售票员说道："佛祖面前，众生平等。"

爷爷："孩子，你的历史考试怎么会只得了C呢？当年我上学的时候，历史考试可每次都是A啊！"孙子："不能这样比啊，您上学的时候，历史比现在要短好几十年呢！"

陪侄儿看一本鸟类图鉴，指着一对鸟告诉他："这是鸳鸯。"侄儿立刻分别指着左边和右边的鸳鸯说："这是清汤，这是麻辣。"

A：“你要是买彩票中了奖有什么打算？”B：“我要是能中20万，就在单位附近租个地儿，开个饭店。”A：“要是中了500万呢？”B：“那就玩遍祖国大好河山，一直玩到还剩20万，然后在单位附近租个地儿，开个饭店。”

女儿：“妈妈，为什么你说爸爸从前很害羞？”妈妈：“要是他不害羞，你现在至少大4岁！”

网友提问：你亲眼看着什么东西“向奇怪的方向发展过去了？”

神回复：我依稀记得我网购的初衷是为了省钱。

网友提问：有没有减肥半年毫无成效的朋友？谈谈经验吧。

神回复：哪有什么经验！不过是什么都吃罢了！

网友提问：你有什么不良习惯吗？

神回复：吃了还饿。

网友提问：为什么大家难过要去厕所哭？

神回复：因为在厕所会得到一种氨味。

网友提问：有什么男主角是狐狸精的那种电影吗？或者别的影视作品也行。求推荐！

神回复：疯狂动物城。

网友提问：消除睡意最有效的方法是什么？可以分享下吗？

神回复：睡觉。

网友提问：你最受不了老一辈哪些观念？

神回复：必须有后代，不管跟谁生都行，但一定要生一个出来。

网友提问：为什么想考研？

神回复：有的人想换个学校，有的人想换个城市，有的人想换个专业，有的人想换个男朋友。

网友提问：你能说出一个不带穷字，却能看出来很穷的句子吗？

神回复：我想想。

鱼说：我时时刻刻把眼睁开是为了在你身边不舍离开。水说：我终日流淌不知疲倦是为了围绕你，好好把你抱紧。锅说：都快熟了还这么多废话。

网友提问：向日葵白天跟着太阳，那晚上干什么呢？

神回复：向社会低头。

网友提问：从小到大说过最舔狗的话是什么？

神回复：作业给我抄抄，错了也没事。

网友提问：白头发是不是拔 1 根长 10 根？

神回复：要是真的，有一根白发就永远不会秃头。

儿子：“爸，这个萝卜怎么炒？”

爸：“放锅里炒。”

儿子：“我是说用什么东西炒。”

爸：“用炒菜的铲子炒。”

儿子：“我是说锅里放什么。”

爸：“放萝卜！”

A：“我已经开了 3 家银行。”

B：“哪 3 家银行？”

A：“网上银行，电话银行，手机银行。”

第五章 机智反转

A："你那个朋友好娘……"

B："哦，没事，等他娶了媳妇就好了。"

A："为啥？"

B："娶了媳妇忘了娘啊。"

同事："听说你很能喝，10 瓶啤酒下去，你会怎样？"

我："再让它们上来。"

网友提问：你捡过最贵的东西是什么？

神回复：妈妈说我是从垃圾堆里捡来的，我想我可能是她捡过最贵的东西了。

网友提问：为什么人们喜欢在蚊子咬的地方画上"十"字？

神回复：因为吸血鬼怕十字架。

女儿："爸爸，有一个女儿是什么体验？"

爸爸："宝贝，我愿意把这世界上的一切都给你。"

女儿："我想吃雪糕……"

爸爸："不行！"

网友提问：哪一个字可以表示“快速、精确”的含义？

神回复：“biu”。

网友提问：武林高手都是怎么识别杀气的？

神回复：背景音乐。

网友提问：你是否曾经被一本书所改变、感动？甚至被改变人生观？

神回复：《五年高考 三年模拟》。

网友提问：你读过的书中，有哪些让你觉得惊艳的开头？

神回复：abandon。

网友提问：为什么古龙的小说人物爱以数字命名，尤其是奇数，比如朱七七、萧十一郎、燕十三等？

神回复：可能想给人一种很难除的感觉。

老师：“为什么上课迟到？”

学生：“睡过头了，老师。”

老师：“为什么睡过头？”

学生：“我做梦梦到上课了，想多听一会儿。”

提问：深夜，如果有一个恶人把刀架在你脖子上说：“给你一分钟，你可以打给任何一个人，除了父母，让他来接你，不许说多余的话，如果

他同意来，我就放了你，如果不愿意来，我就杀了你。”你会打给谁？

神回复：您好，我要 1 个巨无霸，1 份麦乐鸡，1 包大薯，1 杯可乐。

小学同学多年不见，第一句就是：“你现在怎么这么丑了？”

我：“对啊，哪像你，一直都这么丑。”

老师问幼儿园的小宝宝：“宝宝，为什么你的头发是卷的呀。”

宝宝：“我妈说我还在她肚子里的时候，不小心喝开水烫的。”

网友提问：观音菩萨告诉唐僧师徒要经历九九八十一难才能求得真经，这说明什么？

神回复：说明古代仙人已经会背乘法口诀了。

小明考试回家，妈妈问：“考试怎么样？”

小明回道：“很好，只有一个答案是错的！”

妈妈问：“什么问题？”

小明回道：“3 乘以 7 等于多少？”

妈妈又问：“你答案是什么呢？”

小明回道：“当时我不管三七二十一，写了个 21.9！”

一个学生被老师发现在课堂上睡觉。

老师：“你为什么在课堂上睡觉？”

学生：“我没睡！”

老师：“那你为什么闭上眼睛？”

学生：“我闭着眼睛冥想！”

老师：“那你为什么直点头？”

学生：“您刚才说得太有道理！我很赞同。”

老师：“那你为什么流口水？”

学生：“老师，您说得太有趣味了！”

用餐时间，果果一直在椅子上扭来扭去。

老师：“果果，你可以控制一下自己的身体吗？”

果果：“我不可能控制我自己，我又不是遥控器。”

游泳课老师要求：“今天游泳全都要下水。”

某学生抱怨：“可我还没学过游泳。”

老师瞥了他一眼，淡淡地说：“不下水的待会全在签到本上画掉！”

学生楚楚可怜：“下水了我家户口本就把我画掉了……”

网友求助：什么宿舍名字能镇住对面的金銮殿？

神回复：售票处。

网友提问：4 岁女孩高考 677 分是不是对中国教育模式的一记响亮的耳光？

神回复：这明明是给我的一记耳光！！！

网友提问：如果现在是北京时间早上 8 点整，我飞往巴黎，到达后巴黎当地时间为早上 8 点整，请问：我的生命相对延长了吗？

神回复：你把表的电池扣了你是不是就不死了？

老师：“各位同学，觉得自己很蠢的请站起来。”

同学们互相看了看，都不敢站起来。

只有一个勇敢地站了起来。

老师：“这位同学，你觉得自己很蠢吗？”

学生：“不是的老师，我只是不想让你一个人站着！”

网友求助：祈求代码不出 BUG 该拜哪个神仙？

神回复：拜雍正，专治八阿哥。

朋友心情不好，因为儿子的语文又考砸了。

一问才知道，其实也没啥。应该是我们的教育出了问题，严重束缚了学生的想象力。如果只能按标准答案答题，创新何来？

学校的题目：三十______四十______。

标准答案：“而立”，“不惑”。

这孩子的答案是：“如狼”，“似虎”。

一天，老妈告诉我，她怀我的时候总便秘。

我：“为什么？”

老妈：“因为你在我肚子里的时候老是偷屎吃！”

加班实在太饿，我买了根烤肠，一同事见到后说：

“这种烤肠我都是拿来喂狗的！”

我：“别以为这么说我就会给你吃！”

网友求助：去舅舅家玩，上厕所的时候不小心把热水器弄下来了，怎么办？

神回复 1：若无其事地抬出去，说是自己新买的充电宝。

神回复 2：在耳朵上抹点洗手液，这样舅舅揪你耳朵的时候就会滑溜溜的。

神回复 3：问他有意见吗，有意见就正月剪头。

同事是个妻管严，零花钱少得可怜。

一天打牌输了 500，对我说："兄弟，借我 10 块钱，回去买个请帖好报账。"

我："靠，又学会一招！"

网友出题：沙漠里有两杯水，一杯马尿，一杯人尿，只能选一样，你怎么选？

神回复：我选两杯水。

网友出题：身高 1 米 78 年收入 20 万人老实话不多。（请加上正确的标点符号）

神回复：身高 1 米 7，8 年收入 20 万，人老，实话不多。

网友求助：爸爸妈妈都叫"何北"，孩子叫什么好？

神回复：30 岁之前叫何西，30 岁之后叫何东。

电台主持人接到热线电话。

听众:“主持人您好,我刚在成华大道捡到一个钱包,里面有1万元。”

主持人:“非常感谢这位热心听众,请留一下你的联系方式,我们会尽快找到失主。”

听众:“不不不,我只是想点一首歌,《倍儿爽》,表达下我现在的心情。”

有人问我朋友圈为什么仅3天可见,我说:“因为我不能保证每张自拍都P得一样。”

网友求助:我想染粉头发,请问漂发头皮会疼吗?

神回复:你爸打你会更疼。

网友出题:样子像青草,想吃割几刀,今天割一茬,明天又长高。

神回复:散户。

学生:“老师,有件事我一直想和你说,但不好意思开口。”

老师:“没事,什么都可以和老师说,老师会帮你解决。”

学生:“老师,您教的都是些没用的东西。”

老师:“傻孩子,不准这样说自己!”

网友提问:如何用4个字形容自己的长相?

神回复:不提也罢。

网友提问：你小时候父母为了让你能够努力学习，都用过什么方法?

神回复：给了我这张脸。

顾客："老板，我下单了，请尽快发货。"

客服："好的亲，你怎么不讲价呢？"

顾客："啊？ 还可以这样？ 那能优惠点吗？"

客服："不能的哦亲……"

导员："参加考研了吗？"

学生："参加了。"

导员："真棒，对自己有把握吗？"

学生："有，应该是过不了的。"

顾客："你家好奇怪啊，东西好便宜。"

客服："您要买什么呢亲亲，可以给您涨价呢……"

饭后走一走，活到九十九。

神回复：路边又吃九十九。

问：请用一句话证明你很无聊。

神回复："这句话一共有 74 笔。"

问：请用一句话证明你看过"四大名著"。

神回复：军师救我！ 妹妹救我！ 哥哥救我！ 悟空救我！

学生：“点到为止是人生的大智慧。”

导员：“这就是你喊完‘到’就逃课的原因吗？”

顾客：“你好，请问是买袜子送球鞋的活动对吗？”

淘宝小二：“请问亲亲是在哪里看到的活动呢？”

顾客：“没，是我自己想的。”

顾客：“你好，可以发顺丰吗？”

淘宝小二：“抱歉亲亲，不接受指定快递哦……”

顾客：“那你们发什么快递？”

淘宝小二：“顺丰。”

与闺蜜约好吃午饭，但迟迟不见人来：“你到哪啦？”

“不好意思，我要迟到一会儿，我的眼睛出了些问题。”

“啊？你的眼睛怎么了？”

“没关系，快好了，我已经把它们睁开了。”

网友求助：添加好友第一句说什么，会让对方觉得你很可爱？

神回复：双脚站立直立行走的灵长类智慧美丽型生命体你好。

网友求助：有一首歌我很喜欢，但是忘了歌名，只记得一句“全都是泡沫……”

神回复：歌名我也不知道，但我想问问这首歌的作者：“你会不会倒酒？”

上高中时偷偷喜欢一个女生，想办法存了她的联系方式，但是存在手机里会被我爸发现，于是我把我爸号码删了，把那个女生号码备注成“爸爸”。

那天，我爸看了手机很久，艰难地开口问我：“你在外面怎么还有爸爸？”

同学到市场去买球鞋，鞋子很便宜，同学很高兴，问老板：“老板，你的球鞋卖这么便宜，能穿多长时间？”老板答：“你要是不踢球，穿一星期没问题。”

路考时，男子坐进驾驶室，考官坐在旁边问：“你紧张吗？”

男子回：“不紧张，我们教练说了，你就当作你旁边坐着一只狗。”

网友提问：你兜里只有2块钱，怎么解决三餐？

神回复：买个破碗，蹲街边。

网友提问：你独自流落荒岛，手机没信号。突然有信号了，你第一个电话打给谁？

神回复：中国移动，投诉他们！

网友提问：在武侠世界里，开一家客栈需要注意什么？

神回复1：需要注意那些进门自带BGM的客官。

神回复2：墙上贴上字：要打出去打。

网友提问：哪件事，让你对自己的无知感到震惊？

神回复：小的时候写作文要写笔名，我写的一直是“中华绘图铅笔”。

网友提问：为什么图书馆不能穿拖鞋？

神回复：以防翻书舔手指的和看书抠脚丫的打起来。

网友提问：把一条蚯蚓分成 9 段，等这 9 段分别长成 9 条蚯蚓后，它们之间是什么关系？只从蚯蚓的角度回答吧！

神回复：最熟悉的陌生蚓。

悟空眼见妖雾滚滚，连忙拔出毫毛，变出 7 个假唐僧。黄袍怪不辨真假，一发掳回洞里，对百花公主道：“夫人，我把唐僧抓回来了，吃了他的肉，可以长生不老！”百花公主一看，大为纳闷：“怎么有 7 个？”黄袍怪道：“大概吃 7 个算一个疗程吧……”

网友提问：打雷的时候关窗户有用吗？

神回复：没用的，我试过了，关了窗雷一样打。

服务员：“先生，有什么可以帮到你的？”

顾客：“你可以帮我付钱吗？”

上地理课老师提问：“在地球外面那一层是什么？”班里有很多人举手，连平时考试不及格的我也举了手，老师和同学都很惊讶。老师跟同学们说我难得举一次手，由我来回答问题，并让他们给了我掌声，我站起来后回答："香飘飘奶茶。"

骑手："顾客你好，我到了。"

骑手："请您稍等！餐没到！"

顾客："咋，忘取餐了？"

骑手："骑错车了……"

患者："医生，这是我的化验单，您给我看看吧！"

医生："怎么拖到现在才来？"

患者："怎么了？我得什么大病了？"

医生："没什么，我要下班了。"

网友提问：中国四大谎言：高价回收、旺铺转让、马上就到，还有一个是什么？

神回复：改天请你吃饭。

昨晚下班路上有人卖红提，感觉不怎么新鲜，就问了一句："老板，我今天买了吃不完，可以放到明天吗？"

老板来了句："没事，我这都放了一个月了。"

看我的表情，老板又说了句："真的。"

我觉得老板太实诚，还是买了……

友："你的人生可以用超级玛丽来形容。"

我："对，为了达到自己的目标而勇往直前！"

友：“不是，是因为在你人生道路上今天撞个墙，明天掉个坑的，可是依然能蹦跶得那么开心。”

网友提问：你随身携带或佩戴最久的那件东西是什么？对你有什么特殊的意义？

神回复：眼镜，因为瞎。

老师对同学们说：“下节课校领导来检查听课，大家好好表现。”

上课时老师提问题，淘气包小明频频举手，老师就是不搭理他，后来教室里一股恶臭。

老师终于问：“小明，怎么了？”

小明：“我拉肚子，你不理我。”

某君刚出门就踩到一颗钉子，来到医院，医生给他打了一针破伤风。第二天，他又踩到一颗钉子，来到医院问医生：“我昨天踩钉子打的破伤风，今天又踩到了，还需不需要再打一针？”医生看他一眼，说：“不用了，有那钱留着看看眼睛吧！”

昨天和女儿吵了一架，她一生气便摔门而去，一直到今天都没回家。我挺担心她的。老婆安慰我说：“不用担心，我刚刚去发了一份寻人启事，她马上就会回来了。”说话间，只见女儿怒气冲冲地推开家门，手里拿着一张纸：“妈你什么意思？我哪有 110 斤！我明明只有 98 斤好吗！”

昨天去酒吧消费 59 元，给服务员一张 100 元，过了半天，服务

员对我说：“先生你有 1 块钱吗？这样正好可以给你找 40。”

今天去幼儿园接儿子，听到两个男孩在吵架：

“你凭什么瞧不起我，你和我一样，都是充话费送的。”

“我是充 100 元送的，你是充 50 元送的。”

妈妈：“你哥把你刚刷好的白板鞋穿走了。”

弟弟：“他找死啊！”

妈妈：“生气吗？”

弟弟：“生气！”

妈妈：“想杀人吗？”

弟弟：“想！”

妈妈：“去厨房把肉馅剁了。”

有个男人喝得醉醺醺，他见交警在查酒驾，竟主动走过去说：“让、让我测一下。”

交警一闻，男人一身酒味，赶紧让他吹测试仪，一吹，仪器显示 200，严重醉酒。交警立刻要求男人出示驾驶证和行车证，并问他的车在哪。男人听了，茫然问道：“车、车，什么车？”交警一脸严肃地说：“你开来的车啊！”男人大着舌头说：“我走路来的。朋友都说我喝醉了，我不信，就想来测一测到底醉没醉！”

青年画家拜访大师，向大师诉苦：“为什么我画一幅画只消一天工夫，可是卖掉它却要等上整整一年！”大师见青年画家急功近利，认真地对他说：“请倒过来试试吧。”青年画家点点头说：“！年一整整上等要却它掉卖是可，夫工天一消只画幅一画我么什为”

高考失利，小明很悲伤，心情低落，但是他明白不能失去生活的方向，要坚强。回到家里，小明把成绩不理想的事和父母说了，看到小明如此悲伤，小明的母亲说："小明，别难过了，孩他爸，不如让孩子复读吧？"小明的父亲脸色铁青，怒气冲冲地看着小明的母亲："你是孩他亲妈吗？你可真够狠的，咱孩考不好也不能服毒啊！"

儿子："爸，你看我同学都出国了。"

爸爸："你那算啥，我同学都出殡了。"

公园里，大家看两个老人下棋，半个小时了，谁都没动。一个多小时之后，还是没人动。就在众人暗自佩服两位老人的定力时，一位老人说："该谁了？""我也不知道啊。"

老师："用'小红、朋友、我的、是'，连成一句话。"

一同学："小红是我的朋友。"

老师："好。"

小明："朋友，小红是我的。"

老师："今天这节课我们来次角色互换，我坐下面当学生，哪位同学愿意上来教？"

小明："老师，我愿意。"

老师："小明，好样的。"

互换位置后，小明指着老师："你给我滚出去！"

网友求助：电脑没有声音，怎么弄都弄不好，急得我快上火了，怎么办?

神回复：建议多喝水，多吃水果，上火特别严重的建议去医院检查。

公交车上，一大爷没有座位，也无人让座，一小伙看不下去了，道："来，大爷，你坐这里！"

大爷："不不不，还是你坐吧！"

小伙："快坐吧，大爷！"

大爷："小伙子，你还是开你的车吧！ 我 3 站就下了！"

老师："我要你们写一篇作文，要写人，重点要写突出的地方。"

小明："老师，我想好了。我就写我奶奶。"

老师："那你奶奶有什么突出的方面吗？"

小明："我奶奶腰椎间盘突出。"

网友提问：谁能说清《西游记》里有多少妖怪?

神回复：有 3 种，一种是要吃唐僧的；一种是想嫁给唐僧的；最后一种是惦记唐僧袈裟的。

在山路之上，有一汽车驶近，路过寺庙门旁，见一小和尚高举"回头是岸"横幅，大喊："施主看这里！"车内一年轻人白了一眼，瞬间飞驰转弯而去。10 秒钟后，碰撞惨叫坠落声传来。当晚，禅房内，小和尚对住持说："师父，是不是还是直接写'前方桥梁已断'好一些？"

网友提问：为什么奥特曼每次不直接发大招，要等怪兽挂了才发？

神回复：你斗地主直接扔王炸吗？

网友分享一则新闻：农夫山泉把农夫山泉厂淹了。

神回复：大自然干掉了未经许可的搬运工。

网友提问：给你一百万，让你戴上面具在你们那边最大的商场裸奔一圈，你会同意吗？

神回复：我想问一下，是只跑一圈，还是一圈一百万？

网友提问：为什么熬夜会掉头发？

神回复：身体觉得你更需要一个灯泡 。

楼主：网上发言，不要随便自称笔者，毕竟现在还有多少人是在用笔写作？这个词语已经要汇入历史长河了。

神回复：那以后自称什么？键人？

一网友分享自己的日常生活：起床，尿尿，刷牙，洗脸，出门。

神回复：今天是不是停水了？

网友提问：英国人发明乒乓球时想不到还有中国这个神一般的国度吧？

神回复：中国发明蹴鞠的时候一样没有料到今天……

爸爸:“孩子,你也不小了,我想和你聊聊性教育的事,怎么样?”

孩子:“好的,爸,你有啥不懂的尽管问。”

A:“为什么我喝多了酒吧就不愿再卖酒给我,而快餐店一直卖汉堡给胖子?”

B:“因为酒鬼喝多了闹事,胖子吃少了也会闹事。”

网友提问:能用一句话描述堵车的感受吗?

神回复:少小离家老大回!

网友提问:历史上有什么著名的秀恩爱事件?

神回复:烽火戏诸侯。

网友提问:你听过的第一个3D环绕音乐是什么?

神回复:丢手绢。

历史老师:“你为什么交白卷?”

学生:“我怕我会篡改历史。”

游戏局中,队友:“我有点卡,你们呢?”

另一队友:“这游戏还有点卡?!在哪买?”

网友提问:乌龟一般能养多久?

神回复：那看你怎么养了，养好了，能送你走。

网友提问：你看过的第一篇穿越文是什么？

神回复：《桃花源记》。

孩子："妈妈，我能看电视吗？"

妈妈："当然可以，但就是不能打开它。"

老师："做题的时候要多想想出题者的意图。"

学生："他想我死。"

文科生："叶的离去，是风的追求，还是树的不挽留？"

理科生："是脱落酸。"

网友提问：2000 块想出国穷游，可以去哪个国家？

神回复：秦国、鲁国、齐国、蜀国、韩国、郑国、魏国、楚国、赵国、燕国、吴国等等。

网友提问：神笔马良在墙上画了一个圆点，又在其上方画 3 条弧线，然后？

神回复：掏出手机连上了 Wi-Fi。

网友分享：最新消息，花果山旅游，属猴的游客凭身份证免费。

神回复：我是属猪的，是师弟，能不能半价？

一老师求助：一学生，成绩年年倒数第一，常与人打架，按领导要求老师想给学生好听一点的期末评语，怎么写啊？

神回复：该生成绩稳定，动手能力强。

爸爸把3个孩子叫到跟前，说："谁最听妈妈的话，从不和她顶嘴，妈妈让他做什么他就乖乖地去做什么，谁就能得到这个玩具。"

孩子："爸爸能得到！"

一个小男孩拿着一张假钱走进了玩具店，准备买一只鸭子玩具。

店员说："小朋友，你的钱不是真的。"

小男孩："阿姨，难道你的鸭子是真的？"

一个小男孩跟着妈妈去产检，妈妈不时捂着肚子呻吟，男孩惊恐地问："妈妈，你怎么了？""你的弟弟踢我呢！"母亲解释说，"他越来越淘气了。"

小男孩："那你为什么不吞下个玩具给他呢？"

网友提问：有没有一个人，让你一想到，心里就酸酸的？

神回复：有，卖糖葫芦的大爷。

网友提问：原始人为什么会画壁画？

神回复：说明"装修"这种冲动是基因里的本能。

网友分享：我们曾经那么亲密，然而最后他的死讯都是别人告诉我的。

神回复：难道你要他亲自告诉你吗？

老师："这道题就是送你们分的！"

小明："妈妈说过不能随便要别人东西！"

A："攻的反义词是什么？"

B："母。"

A："我说的是攻击的攻！"

B："对啊，母鸡的母啊！"

A："早知道活着这么累当初就不该下凡！"

B："谁让你当初调戏嫦娥！"

网友提问：孙悟空为什么一直那么瘦？

神回复：因为在太上老君的炼丹炉里，燃烧了他的卡路里！

阿南昨天问一炒股朋友，最近股市暴跌了，睡眠怎样？

朋友：像婴儿般的睡眠！

阿南：不愧是高手！ 这都能睡得着！

他沉默半晌道：半夜经常醒来哭一会儿再睡！

网友提问：什么事情，不敢开始，不停试探，但开始后又不想结束？

神回复：你是说冬天洗澡这件事？

网友提问：打架的时候为什么都喜欢脱上衣？

神回复：如果都脱裤子，气氛有点怪。

网友提问：你是如何走出人生的阴霾的？

神回复：多走几步。

网友提问：前半生与后半生的分界线是在哪里？

神回复：此时此刻。

网友提问：在古代神话中，为什么柳树、槐树这些植物可以成精，甚至还有没生命的琵琶，而萝卜、白菜、水果、蔬菜就不能成精呢？

神回复：上午发愿修炼，中午就给炖了。

小明："我最讨厌放鞭炮了，小时候一听见鞭炮响就吓得嗷嗷哭。"

小华："那你有没有想过，你可能就是年兽？"

同学A："比宇宙更大的词是什么？"

同学B："考试范围。"

A："你知道吗？总有一天，你终将会变成你讨厌的人。"

B："谢谢吉言，我讨厌有钱人！"

网友提问：世界上最早的通信工具是什么？

神回复：托梦。

网友提问：你玩过最危险的游戏是什么？

神回复：早上醒来，关掉闹钟，闭上眼睛休息 5 分钟。

网友提问：如何委婉地告诉一个人有口臭？

神回复：小伙子，你年纪不大口气倒不小啊！

网友提问：想吃炸鸡腿，材料已备齐，应该怎么做呢？

神回复：喊一句“妈，我要吃炸鸡腿”。

网友提问：限制你自由的主要因素是什么？

神回复：手机充电线的长度。

网友提问：吸血鬼喜欢吃辣吗？

神回复：不喜欢，因为他们喜欢的是 blood。

学生 A：“你做过最炫富的事情是什么？”

学生 B：“裸考雅思。”

网友提问：你经历过最孤独的事是什么？

神回复 1：“同学，作业就剩你没交了。”

神回复 2：一个人去吃自助餐，取餐回来发现餐具被收走了……

公交车上，一对母子正在聊天。

孩子：“妈妈，我寒假作业真多呀！”

妈妈：“没事，这就帮你扔掉，你就和老师说爸爸妈妈打架，妈妈撕了作业本！”说着把孩子的寒假作业扔出了窗外。

孩子：“妈妈……我刚做完……”

网友提问：孙悟空掉进了湖里，等他再上岸时，就变成了六耳猕猴，为什么？

神回复：因为他掉进了“被加耳湖”。

网友提问：在大街上突然发现自己的裤子穿反了，咋办？

神回复：那还不简单，就倒着走呗。

网友提问：3 个月没开学的大学宿舍会是什么样？

神回复：半桶蛋白粉放宿舍了，估计一开门老鼠能把我一拳打出去。

朋友他爸刚出院，他妈为了不让他爸抽烟，叫他监督，抓到一次奖励 100 块。后来他爸来找他说：“我假装抽烟，你给你妈说，钱咱俩四六分，你六我四！”

一老头说：“当日华山论剑，先是他用黯然销魂掌，破了我的七十二路空明拳；然后我改打降龙十八掌，却不防他伸开右手食指中指，竟是六脉神剑商阳剑和中冲剑并用，又胜我一筹。”少年听得心驰目眩，正要再问，旁边老太太骂道：“玩个石头剪子布都说得这般威风！”

网友提问：迄今为止你用过最成功的减肥方法是？

神回复：花 3000 块钱办张健身卡，虽然一次都没去过，但没钱吃饭，一个月瘦了 10 斤。

老师：“今天我们来讲修辞手法，举个例子，‘我是一个好老师’用了什么修辞手法？大家抢答一下！”

小明兴奋地大喊：“老师，我知道！拟人！”

老师：“小明，来解释一下鸡蛋碰石头是什么意思！”

小明：“不自量力。”

老师：“很好，还有其他的意思吗？”

小明：“自取其辱！”

老师：“同学们，时间是戳穿谎言的刀，但人生最大的敌人不是谎言，恰恰是时间！”

小明挠了一下脑袋：“老师，你说得不对，恰恰是瓜子。”

老师：“同学们，我在上面讲得这么开心，不知道你们听懂了没有？”

学生：“没事儿，您开心就好！”

晨练的时候，阿水发现一老爷爷太极打得真心不错，就上去问：“老爷爷练得有用吗？”

老爷爷：“小伙子，往我身上打一拳，要使劲儿！”

阿水一拳过去，刹那间，老爷爷倒地不起：“给我 2 万，这事就过去了！”

小美问闺蜜相册密码多少，闺蜜："cptbtptpbcptdtptp。"小美讶异地问："这么长，你咋就记得住啊？"闺蜜弱弱地回："吃葡萄不吐葡萄皮不吃葡萄倒吐葡萄皮！"

消防员："先生，你不能进去！里面火势很猛，我是为你的安全着想。请退后。"

热心市民："那我更应该进去，我不能眼睁睁地看着火势蔓延而无动于衷！！"

消防员实在忍无可忍了："你拿着一把生羊肉串是什么意思！"

妈妈挖了一勺西瓜没拿稳，掉地上了。她捡起来就要往女儿嘴里塞，女儿很诧异地看着她，妈妈突然反应过来笑着说："不好意思啊，我以为你还是小时候呢！"

有一天，两姐妹在睡觉，妹妹对姐姐说："姐姐，今天蚊子好多哦。"

姐姐说："把灯关了蚊子就看不到我们了。"

后来妹妹真的把灯关了，忽然间一双萤火虫飞了进来，妹妹很紧张地说："姐，惨了，蚊子提着灯笼来找我们了……"

一出租车司机开车时，发现前面有个很疯狂的摩托车，快把后面坐的小孩甩出去了。出租车司机追上那个摩托车，喊道："哥们儿，你的孩子快要从后座上掉下去了。"开摩托的人听后，惊奇地回头问："儿子，你妈呢？"

老师：“小明，以后同桌丽丽上课睡觉，你提醒她一下。”

小明：“哦，知道了。”第二天刚上课，小明就对丽丽说：“丽丽，你该睡觉啦！老师怕你忘了让我提醒你呢。”

老师问：“回答问题我们点名好不好。”学生齐道：“不好。”于是老师问女生：“提问男生好不好？”“好。”又问男生：“提问女生好不好？”“好。”“这不都同意嘛。”

一天晚上，一个女孩错过了末班车，只好打的回家。师傅说要10元，但她只有8元，司机妥协了。上车之前女孩弱弱地问了一句：“你是坏人吗？”司机淡淡回答了一句：“你才是坏人呢，这么晚打车才给我8块。”

弟弟刚到家，老妈就一巴掌：“今天为啥在学校打架？”弟弟憋屈地说道：“不可能，我今天都没去学校。”老妈又反手给了他一巴掌：“好啊，老师说你逃课了，我还不相信。”

弟弟玩水把裤子弄湿了一点，而哥哥全身都湿透了。爸爸看弟弟裤子湿了，上来就是一脚：“多大了还尿裤子！”弟弟指着哥哥说道：“你看他！”爸爸扭头看了一眼，回头又给了弟弟一脚：“还尿你哥一身！！！”

女儿愤怒地跑回家，对父亲说：“爸，我今天上生理课了，原来你一直骗我，你说如果我16岁前和男朋友发生关系的话他就会死！”爸爸放下报纸说：“宝贝，我没骗你，他会的！”

阿宝坐一女同事的顺风车回家，路上抛锚了，同事立马下车，打开车前盖检查。阿宝也下车问她：“什么问题？”她说：“我哪知道，我看别的司机抛锚了都是这样做的！”

网友提问：人类的什么特点令你钦佩？

神回复：人类真的特别了不起，进化出了智力，但很多时候选择不用。

孩子：“妈妈，我决定要自己一个人生活了。”

妈妈：“很好，我支持你。”

孩子：“你的东西我已经放在门外了。”

妈妈：“你该结婚了！”

孩子：“结婚就一定幸福吗？我有个同学都三婚了，何必呢？”

妈妈：“如果结婚不好，人家能结 3 次？”

网友提问：《葫芦兄弟》里的爷爷到底叫什么名字？

神回复：片头有提到爷爷姓张，然后葫芦娃在救爷爷的时候说得最多的是还我爷爷。由此可知，爷爷的名字叫“张还我”。

语文课上抽背课文，学生站起来后，背到“尔来四万八千岁，不与秦塞通人烟”就卡壳了。老师看不下去，提示道：“西当。”然后学生就坐下了。

有位年轻人非常讨厌某个议员，看到对方，就脱口而出说："垃圾！"议员将年轻人告到法院。年轻人问法官："如果我以后对一个垃圾喊议员，这样会犯法吗？"法官说："没有犯法，这是你的自由。"年轻人于是转身面对议员说："对不起，议员！"

网友提问：请说出按键盘上 Caps Lock 键的理由。

神回复 1：不小心按到。

神回复 2：因为不小心按到所以按回来。

阿衰："呜呜呜，做梦梦到期末考试只考了 55 分。"

同桌："放心吧，梦都是反的。"

阿衰："反过来也是 55。"

网友提问：人什么时候动作反应最快？

神回复：手机提示还剩 30 秒自动关机的时候。

某学生："如果我有什么做得不对的地方，你一定要告诉我……"

"赶紧答题！快交卷了！"监考老师冷漠地说道。

一群跳广场舞的大妈在追一个小孩。路人好奇地问："不跳舞追他干吗？"

一位大妈气喘吁吁地说："跳不成了，一连 3 天，也不知道从哪儿来了这个孩子，穿个红肚兜拿根小棍，我们一跳他就喊：孩儿们操练起来！"

在路边看到一对母女吵架，妈妈吼女儿："你翅膀硬了是不是？"说着去拽她的胳膊。女儿对她妈吼道："走开！别碰我的翅膀！"

网友提问：一个健身的人，走在沙漠中，快要渴死了，这时他发现地上有一瓶饮料，请问他拿起饮料第一件事做什么？

神回复：看营养成分表。

爸爸对女儿说："没有人有资格让你减肥，他们都没花钱养过你，你吃什么也没花过他们一分钱，所以他们没资格说你，只有我能说你，你从小到大都是我养的。"女儿感动地点了点头，正想说什么，爸爸接着说道："所以你听我一句劝，你真的要减肥了！"

网友提问：学个什么乐器，才能突出古典、清雅、端庄的气质？关键是不要太复杂，要能速成的。

神回复：木鱼。

女儿："妈妈，我肚子里有冰棒吗？"妈妈："没有呀。"女儿："那可以有一个吗？"

网友提问：为什么我总是习惯熬夜呢？

神回复：可能你上辈子是个路灯。

题目：将句子"小鸟在树上叫"改成拟人句。

普通答案：小鸟在树上歌唱。

小明的答案：小鸟在树上叫"我是人啊！我是人啊！"

网友提问：一句话形容你的拖延症。

神回复：明天再告诉你。

两位老兄在一起吹牛。A："我喝多了有人送我回家，你有吗？"B："我喝不多。怎么了？"

网友提问：说说你最年少轻狂的时刻？

神回复：拍着肚皮说"我这个人嘛就是吃不胖"。

室友说要跟阿全搞一个摇滚组合，阿全说："好啊，取什么名字？"他说："帅气逼人。"阿全说："听起来挺带感的。"他说："我是帅气。"

网友提问：为什么老年人开车都这么慢呢？

神回复：可能是因为很多开得快的司机没能一直开到老年。

精灵："我将满足你3个愿望。"

小明："我希望有一个没有律师的世界。"

精灵："实现了，你已经没有愿望了。"

小明："可你刚才说有3个？"

精灵："不服气就起诉我啊。"

网友提问：换一个灯泡需要几个软件工程师？

神回复：零个，这是个硬件问题。

网友提问：小明怎么装可爱?

神回复：在头上插草，因为这样会变成小萌。

小明问老师：“为什么霸王龙不能鼓掌？”

老师笑着说：“因为它们的上肢太短。”

小明摇摇头：“因为它们灭绝了。”

网友提问：人类生理上有什么不合理之处?

神回复：吃完水饺，你的舌头知道韭菜塞在哪个牙缝里，而你的手不知道。

学渣：“今天的考试也太难了！”

学霸：“是啊，特别是背面那几道问答题，我可能会错。”

学渣：“什么，还有背面？”

网友提问：在有些电影里面，木乃伊也会动，那和僵尸还有什么区别?

神回复：区别在于水分的多少。

网友提问：在三四线城市，有房有铺（门面房），有自己的生意，有漂亮老婆，还有个当小官的兄弟，算成功人士吗?

神回复：武大郎当初也是这么想的。

网友提问：每年双十一都忍不住花很多钱，怎么办?

神回复：建议在双十一前花光所有积蓄。

爸爸对读小学四年级的儿子说："你只挑自己喜欢的视频看，眼界会变窄的。"儿子回答说："那电视放什么你就看什么，难道就能变聪明吗？"

小明春节回家刚待了几天就被嫌弃，老妈训斥说："房间跟狗窝一样都不知道收拾！"小明说："妈，你见过狗收拾房间吗？不都是养狗的收拾吗？"

老师生气地对小明吼道："你怎么又在上课时间睡觉？！"

小明揉了揉惺忪的眼睛，微微一笑说："我没有睡觉，我只是在看眼皮的内侧而已。"

网友提问：一头饿狼在地铁上遇到3头小肥羊，饿狼一站可以吃一头羊，那么3站过去以后地铁上还剩几头羊？

神回复：还剩3头羊，地铁上不能吃东西。

小鱼考试作弊被抓到，老师很生气地问："鱼，你在抄谁的？"

鱼说："我抄蚌的！"

老师："你超烂的！"

有个老外初学中文，老师问他："如果我想让某人到这边来，用中文怎么说？"老外："这边请。"老师："那么，如果我想让某人出去，用中文怎么说？"老外："首先，我走出去，然后对他说'这边请'。"

大学老师正在上课，一位睡得正香的学生手机响了，虽然他已经醒了但却一直不接电话。

老师："接啊！"

学生："胳膊麻了。"

老师："你给我出去！"

学生："腿也麻了。"

老师："为什么没完成作业？"学生："停电了。"老师："没做作业干什么了？"学生："看电视。"老师："没电你怎么看？"学生："点蜡烛看。"老师："下课来我办公室！"

校长路过学校后门，突然听到一句"我要考牛津！"顿时感动不已：没想到我们学校也有如此有志青年。正想看看是哪位，忽然又听到一句："再来两串大腰子！"

医生："你有没有听我的建议，睡觉时将窗户打开？"

病人："有。"

医生："那么你的气喘完全不见了吧？"

病人："还在。但我的手表、iPad、笔记本电脑都不见了。"

老师："你儿子最近表现不好，成绩退步很多。"

家长："怎么回事？"

老师："他和同学小丽恋爱了。"

家长："臭小子！他这么做，让小红怎么办！"

小明："老师，写作文应该注意什么？"

老师："注意要素！讲了多少遍了！"

于是小明在笔记本上写下4个大字：不能太荤。

5岁的女儿让老爸帮她做某事。老爸："爸爸很累啦，你夸我两句吧，你夸我两句我就又有劲了。"女儿："老郑！"老爸："哎！"女儿："你家妞妞长得可真漂亮啊……"

看着大家无助的神情，小明站起来说："大家不要急，碰到难题要正确对待，我们大家要齐心协力，众志成城，团结一心解决难题！"在大家的掌声中，小明被监考老师赶出了教室。

亨利："一个人会不会因为自己没有做过的事情而受到惩罚？"妈妈："当然不会。"亨利："挨骂呢？"妈妈："也不该挨骂，小宝贝。"亨利："谢天谢地。我今天没有做功课。"

老师："像你这样，和傻瓜就差一步的距离！"学生迅速一步迈到老师面前："老师您说得太对了！"

某男是医学博士，过年回家，表弟一直站他后面。某男十分奇怪，问："你为啥总是站后面呢？"表弟："我这不体验一下博士后的感觉嘛……"

网友提问：怎样用四重肯定表示否定？

神回复：是是是，你说的都对。

网友提问：做饭的时候用大火和小火有什么区别？

神回复：小火比较精神。

网友提问：如果有人发现并证明鬼的存在，可以拿诺贝尔奖吗？如果可以，应该发个什么奖？

神回复：诺贝尔亲自颁奖。

网友提问：你们听过最糟的超速借口是什么？

神回复：一个司机说他会超速，是因为开得太快没看到限速标志。

有一只螃蟹故意一直咳嗽“咳咳咳……”鱼就问它：“你明明没有感冒，怎么还一直咳嗽？”螃蟹回答：“因为我是假咳类动物！”

网友提问：心急吃不了热豆腐用英语怎么说？

神回复：Si ha si ha si ha。

A：“想开家超市，可周围都是连锁的，给超市起个什么名字能瞬间打败他们？”

B：“超市入口。”